A E
& I

Justos por pecadores

Autores Españoles e Iberoamericanos

Esta novela resultó finalista del II Premio Iberoamericano
Planeta-Casa de América de Narrativa 2008,
concedido por el siguiente jurado:
Miguel Barroso, Gioconda Belli, Ignacio Iraola,
Álvaro Pombo y Marcela Serrano.
La reunión del Jurado tuvo lugar en Buenos Aires
el 29 de marzo de 2008.
El fallo del Premio se hizo público tres días después
en la misma ciudad.

Fernando Quiroz

Justos por pecadores

Finalista del Premio Iberoamericano
Planeta-Casa de América de Narrativa 2008

Obra editada en colaboración con Editorial Planeta – España

© 2008, Fernando Quiroz
© 2008, Editorial Planeta, S.A. – Barcelona, España

Derechos reservados

© 2008, Editorial Planeta Mexicana, S.A. de C.V.
Avenida Presidente Masarik núm. 111, 2o. piso
Colonia Chapultepec Morales
C.P. 11570 México, D.F.
www.editorialplaneta.com.mx

Primera edición impresa en España: mayo de 2008
ISBN América: 978-84-08-08226-2

Primera edición impresa en México: junio de 2008
ISBN: 978-970-37-0810-9

Impreso en los talleres de Litográfica Ingramex, S.A. de C.V.
Centeno núm. 162, colonia Granjas Esmeralda, México, D.F.
Impreso en México – *Printed in Mexico*

Para Adriana

Para entrar en el cielo no es preciso morir.

MANUEL JIMÉNEZ, *Derroche*

1

No era falta de decisión lo que me ataba a la cama: simplemente, falta de fuerzas. Las últimas tres noches había sido incapaz de mantenerme en vigilia hasta que hubieran cesado los ruidos y los movimientos y pudiera estar seguro de que todos dormían en casa. Las horas se consumían a fuego lento. Mientras jugaba a adivinar qué tanto habían avanzado las manecillas, el sopor me dominaba. Cuando abría los ojos, dispuesto a lograr mi objetivo, comprobaba que había amanecido de nuevo y que tendría que esperar otra larga jornada. Me había acostumbrado a dormir no más de cinco horas, pero en los últimos meses los párpados empezaban a pesarme desde poco antes de terminar la cena y, en las mañanas, el timbre del despertador se demoraba en sacarme de un sueño profundo en el que debía recorrer túneles inmensos antes de ver la luz del día. Un par de veces me golpeé la cabeza al tratar de levantarme de prisa para besar el suelo: aterrizaba primero la frente que los labios. Entraba al baño todavía tan confundido que en ocasiones ni siquiera el chorro de agua helada lograba activar mi cerebro.

Llevaba un buen tiempo tomando las pastillas que me había ordenado el doctor Arizmendi, pero sólo unos días atrás, en el momento de abrir un nuevo frasco, comprendí que la etiqueta había sido rasgada y pensé que tal vez ahí estaba la razón de mi desaliento y de mis mareos permanentes.

La duda empezó a trabajar y a engordarse, aunque las primeras veces me castigaba por el simple hecho de contemplar la posibilidad de que mis propios hermanos hubieran sido capaces de idear un plan en mi contra, de que los seres con los que había compartido los últimos once años de mi vida quisieran hacerme daño. Jugar a su antojo con mi cabeza. Anular mi voluntad.

Ni siquiera fui capaz de revelarle esas ideas a Mariano, como era mi obligación. Omití el tema en nuestros encuentros privados de cada semana, en los que había llegado a confesarle incluso aquellos sueños en los que caía en la tentación de la carne y a describirle hasta el color de la ropa interior de las mujeres que los protagonizaban, aunque fueran tan lejanos de la realidad.

Se lo contaba todo. Le hablé del sueño excesivo y de esa especie de borrachera que aparecía en cualquier momento. Pero cuando surgieron las dudas evité el tema, aunque sabía que se trataba de una falta grave. Lo hice, al comienzo porque sentía vergüenza de revelar lo que podría parecer una estupidez sin fundamento: una sospecha no sólo injusta, sino además traída por los cabellos. «Ya se me pasará», pensaba, convencido de que unos minutos más de castigo del cuerpo cada día me ayudarían a borrar los fantasmas. Sin embargo, cuando el frasco que había alimentado la incertidumbre llegó a su fin y debí repetir la operación en busca de nuevas pastillas, y volví a enfrentarme a la etiqueta rasgada, tuve la certeza de que en este juego había cartas tapadas.

Mi memoria empezó a recorrer los últimos meses, a tratar de establecer los vacíos de una historia que me había sido contada a medias, desde que solicité la dispensa para visitar a un sicólogo, acosado por una suerte de tristeza que se empeñaba en permanecer, aunque se tratara de un sentimiento prohibido para nosotros, los elegidos, los hijos de Escrivá de Balaguer. En ese momento surgió una razón aún más poderosa para guardar silencio sobre el tema: el temor a ser castigado de forma inclemente. O, lo que era peor, a ser manipulado de manera que desistiera de mis pesquisas. Al fin y al cabo —y ése fue uno de los primeros hallazgos cuando activé la memoria—, desde que empecé a tomar las pastillas de Arizmendi me había convertido en un ser dócil en extremo, en un ente al que Mariano, el padre Julián o cualquiera de los superiores de la casa manejaban a su antojo. De hecho, llevaba un buen tiempo en una especie de arresto domiciliario, con los tiempos de oración doblados, y encargado, sin derecho a protestar, de cuidar el jardín, de servir de acólito en la capilla, de organizar la biblioteca privada. Y, también sin protestar, había sido relegado de funciones elementales como abrir la puerta y responder el teléfono, y de otras de evidente responsabilidad como conducir charlas con los aspirantes o verificar el contenido del periódico y recortar aquellas páginas en las que apareciera información contraria a los principios del Opus Dei, antes de dejarlo al alcance de mis hermanos.

Alertado por mis propios descubrimientos, había suspendido las pastillas a pesar de la advertencia del grave riesgo para mi salud si llegaba a hacerlo. En ocasiones, vigilado por Mariano, no me quedaba más remedio que ingerirlas en su presencia. Alguna vez que intenté esconder la pepa entre la encía y el cachete —como, de niño, cuando guardaba un trozo de carne para luego tirarlo a la basura—, creí haber visto en la mirada de mi confesor una señal de censura y de amenaza al mismo tiempo. Fingiendo que jugaba con el frasco, lo descubrí en más de una ocasión contando el número de pastillas. Sin embargo, cada vez que podía iban a dar al inodoro, para que sus cuentas no resultaran alteradas.

La duda había crecido hasta convertirse en un monstruo que no me dejaba en paz. Sabía de la existencia de un archivo secreto que suponía debía de estar en los cajones con llave de la oficina del director. Había tenido indicios de él desde que empecé a tener cargos de responsabilidad con los aspirantes. «Pregúntales esto, pregúntales aquello —me decían—. Hay que ir armando sus hojas de vida.» Al comienzo, yo les contaba lo que iba averiguando y ellos tomaban nota. Un par de años después consideraron que ya estaba maduro para llenar yo mismo el formato: maduro para guardar el secreto. Y cada vez que debía encargarme de alguno de los muchachos, me entregaban una especie de planilla en la que debía consignar desde sus gustos a la hora del postre hasta la situación financiera de su familia, de la manera más detallada posible. Una vez diligenciada, la devolvía a mis superiores, para quienes este documento se convertía en la carta de navegación para dirigir la cacería. ¿Adónde iba a parar toda esa información? Eso me lo pregunté varias veces, pero la curiosidad sólo estaba permitida para obtener información de los candidatos, no para meter las narices en los asuntos privados de la Congregación. ¿Adónde iba a parar? Eduardo, ese amigo con el que me prohibieron volver a hablar cuando se retiró, uno de los pocos con los que logré establecer una relación realmente cercana en medio de aquella soledad, me lo dijo en una cena en la que yo tenía el encargo de convencerlo de que desistiera de marcharse. Y me dijo más: «Lo anotan todo sobre nosotros. Incluso los pecados que le confesamos al padre Julián.»

Si lo anotaban todo, allí debía de estar la verdad sobre las pastillas de Arizmendi. Allí, en alguno de los cajones de la oficina de Javier, el director, que había viajado el lunes a Medellín y regresaba en la mañana del viernes.

Después de haber perdido la oportunidad de asaltar los archivos secretos en alguna de las primeras tres noches, sólo me quedaba la del jueves. Tenía que evitar a toda costa que Mariano me obligara a tomar la pastilla. Tenía que resistir hasta que el silencio se apoderara de la casa. Hasta que el sonido de mi corazón, acelerado por el temor y por la culpa, fuera lo único que llegara a mis oídos.

2

Diría que me acosaban los malos pensamientos, que la tentación de la carne estaba a punto de ganarme la partida, que la oración no había sido un antídoto suficiente y me había visto obligado a levantarme mientras el demonio se alejaba de mi cama. Eso diría si alguno de mis hermanos me descubriera fuera de mi cuarto en las horas de la madrugada, caminando por los pasillos.

Durante la cena, varias veces tuve que bajar la mirada de ese punto en el que pretendía perderse. Sabía que era la última opción que tendría en mucho tiempo para tratar de obtener alguna pista sobre lo que estaba sucediendo conmigo. No tenía hambre, pero comía para no despertar sospechas. Aunque los cortaba diminutos, los trozos de pollo pasaban con dificultad por la garganta. La conversación de mis compañeros de mesa me resultaba un eco lejano.

Estaba en lo mío, alimentando la incertidumbre y pensando en qué haría apenas lograra cruzar la puerta de la Dirección, pero en algún punto de mis reflexiones desordenadas aparecía siempre el beneficio de la duda a favor de mis superiores. Tal vez tenían razón. Tal vez Arizmendi era un buen tipo. Tal vez sólo querían lo mejor para mí. Sentía que Mariano, desde la cabecera, no me quitaba los ojos de encima. Sentía que mis movimientos eran torpes y trataba de corregirlos. Fue una de las cenas más largas de mi vida. Pero, por desgracia, no fue la última cena en aquella casa que se me había convertido en una cárcel.

Me ofrecí para servir el café con la única intención de poder tomar tres tazas sin que nadie me mirara como solían hacerlo cuando alguien se dejaba dominar por sus apetitos. Sabía que me produciría deseos enormes de orinar y temía que una visita al baño en el momento inoportuno pudiera delatarme, pero necesitaba un estimulante para evitar que los ojos se me cerraran antes de tiempo, como en las tres noches anteriores.

Con el último sorbo de café llegó el silencio y comenzó la romería hacia la capilla. Me arrodillé con el fervor de los viejos tiempos y, después de unos minutos en los que no supe qué pensar, qué agradecer ni qué implorar, sentí que la decisión de actuar esa noche había cobrado tal firmeza que ya ni siquiera valía la pena rogarle a Dios que aclarara mis ideas, sino más bien pedirle que me señalara el camino. El temor empezó a diluirse, pero aun así quise ser el último en salir del oratorio. No quería que algún gesto pudiera delatarme, de manera que me quedé con la cabeza agachada dándole vueltas al anillo de llevar las cuentas del rosario y repetí el avemaría decenas de veces sin saber lo que decía. Sin necesidad de verlo, supe que Mariano se había quedado mirándome cuando pasó a mi lado camino a la puerta. Se detuvo unos segundos, en espera, tal vez, de una respuesta a su llamado silencioso, pero yo fingí tal concentración que mi director espiritual desistió pronto. Dejé pasar unos minutos, apagué los cirios y salí.

Tuve que esperar un buen rato antes de entrar al baño a ponerme la piyama. Alguno de mis hermanos se demoraba más de la cuenta. Acerqué el oído a la puerta y comprobé que se estaba castigando. El látigo producía un ruido seco al golpear la piel. Luego venía un gemido ahogado. Era una escena común, antes de ir a la cama. Cuando salió supe que se trataba de Iván. Era uno de mis compañeros de habitación. Nos cruzamos y me miró con cara de profunda alegría. Luego lo encontré tirado en el suelo, boca arriba, cubierto apenas con una delgada manta y con las manos sobre el pecho apretando un ejemplar de las meditaciones de Escrivá: seguramente trataba de ignorar los reclamos del cuerpo. Pensé que quizás también yo debía tenderme sobre las baldosas para evitar que el colchón se convirtiera en un aliado del sueño que pretendía demorar. Pero opté, más bien, por retirar las cobijas para que el frío colaborara con mi propósito. Al otro extremo, de espaldas, Ignacio permanecía inmóvil, pero dudaba que ya hubiera conciliado el sueño. Tenía la costumbre fastidiosa —pero esa noche bienaventurada— de roncar. Esperaría la señal.

Aunque el exceso de café me había dejado con los nervios de punta, se me ocurrió que hacer cálculos matemáticos era una buena fórmula para mantenerme despierto. Conté de siete en siete. De trece en trece. Partí de mil y me devolví hasta el cero restando de a cuatro cada vez. Pasé a la geografía y repasé las capitales conocidas. Dudé a la hora de cruzar Bulgaria. Miré el reloj por enésima vez mientras sobrevolaba Turquía, agucé el oído y decidí que había llegado el momento. Ignacio roncaba. A Iván se le había caído el libro de las manos. Me levanté tan despacio como pude. Al cambiar de posición sentí que se encendía la alarma de la vejiga, pero resolví aguantar. La puerta chilló tímidamente e Ignacio se movió un poco, pero siguió resollando. Alcancé el pasillo sin inconvenientes y empecé a espiar con el oído de puerta en puerta en cada habitación. Sin novedades en el frente, avancé hasta el rincón y me detuve antes de intentar abrir la puerta de la Dirección. Miré en todos los sentidos por última vez, y en un movimiento rápido crucé la barrera de lo prohibido. Me recosté contra la puerta antes de decidir lo que haría, y esperé que el corazón volviera a la normalidad. Ya no era la vejiga sino el pecho lo que me dolía. No era el pecado más grave que había cometido desde que ingresé a la Congregación, pero éste no contaba con la anuencia de mis superiores. Sabía de sobra que, si llegaban a descubrirme, cualquiera de las torturas que hasta entonces había soportado resultaría un juego de niños frente al castigo que me esperaba.

3

Aunque había entrado cientos de veces a ese despacho impersonal para rendir cuentas sobre las tareas que me asignaban o para denunciar a alguno de mis hermanos por la inobservancia de cualquiera de las normas, esa noche sentí que me encontraba en el tribunal de la Santa Inquisición, a pesar de que el único que me miraba era monseñor Escrivá de Balaguer desde su retrato en la pared, o quizás por eso mismo.

Lejos de tranquilizarme, la sonrisa que exhibía en ese cuadro me aterrorizaba. Su imagen me resultó diabólica. Me froté los ojos con las manos, como si acaso quisiera desempañarlos para ver mejor al hombre al que llamábamos padre, como si pretendiera retirar una telaraña que me cegaba y convencerme de que en el fondo de su corazón reinaba la ternura, pero lo único que encontré en su mirada fue una amenaza de muerte.

Desde los catorce años me habían repetido que él era el hombre escogido por Dios para redimir al mundo. Me habían insistido que la salvación de mi alma estaba en imitarlo, aunque me advertían que jamás lograría alcanzar su perfección. Varias veces al día mis pensamientos estaban dirigidos a él. En muchos sentidos, su imagen había remplazado muy pronto a la de mi padre biológico y más tarde a la del mismísimo Dios, en cuyo nombre andaba por el mundo predicando esa verdad que en las últimas semanas me había despertado tantas sospechas. Antes de avanzar, me quedé unos segundos mirándolo a los ojos y me dejé contagiar de su propio veneno para emprender la búsqueda de esa pieza clave del rompecabezas de mi desgracia.

Primero intenté abrir los cajones del escritorio de Javier, pero no tuve éxito. Antes de probar suerte con el ropero convertido en archivador, recordé que Eduardo alguna vez me había dicho que, por norma, el director debía dormir con las llaves atadas a la mano. Pensé que, en ausencia de él, probablemente el llavero dormiría ahora en la misma cama con Mariano. Si era así, estaba derrotado. La opción de forzar las cerraduras, una tras otra, hasta descubrir la que me interesaba sería una labor imposible. Ni siquiera tenía herramientas, y era evidente que cualquier ruido pondría en alerta a mis superiores o a mis hermanos. El único camino era jugármela con la opción de que Javier hubiera deja-do las llaves en el despacho: tendría que descubrir el escondite.

No estaban en la biblioteca, detrás de los libros. No estaban en el matero en el que pretendía flore-cer una bromelia. Tampoco en el pequeño baúl en el que hacían escala los recibos sin pagar. Miré a Es-crivá a los ojos y lo supe antes de llegar hasta él: el llavero pendía del mismo clavo que sostenía su re-trato.

Como si existiera alguna conexión secreta, ape-nas tomé las llaves sentí que la vejiga estaba a punto de reventar. Pero, ahora que estaba tan cerca de descubrir la verdad, no pensaba echarlo todo a per-der. Sin ningún pudor, oriné en el matero, y sólo cuando cayeron las últimas gotas pensé en el hedor que se apoderaría del despacho. Pero ése era un problema del día siguiente. No quedaban más que un par de horas antes de que el primero de mis her-manos despertara y no había tiempo que perder. Así que comencé la búsqueda sin más demora.

4

Como si se tratara de una ley del destino, la llave que abrió el archivador fue la última que probé. Ya empezaba a perder las esperanzas cuando se reveló ante mis ojos ese anaquel inmenso en el que, para mi fortuna, todo parecía clasificado por un maniático del orden. No fue difícil llegar hasta la «R» de Robledo y ubicar en ella mi nombre. En el recorrido descubrí un fólder con el rótulo de «Confidencial». Pensé que no era la mejor manera para guardar información secreta, pues era imposible no detenerse en la única carpeta de color rojo: de hecho, me detuve en ella. Contenía un documento con los nombres de cuarenta y dos personas y una serie de datos que en ese momento no logré relacionar. Quise revisarlo más a fondo, pero decidí que tendría que dejar de lado la curiosidad sobre las vidas ajenas si de verdad quería detenerme en la propia. En todo caso, motivado por esa especie de morbo que me despertaba el enorme sello con la palabra «Confidencial» que se repetía sobre el papel membreteado, retiré el listado y lo guardé en el bolsillo de la piyama por si acaso tenía la poco probable oportunidad de estudiarlo con calma después de encontrar lo que buscaba.

Tomé con las dos manos la gruesa carpeta con mi archivo y sentí como si estuviera a punto de leer la biografía no autorizada de un ser que me había acompañado toda la vida pero del cual no conocía su verdadera esencia. Como si me fueran a revelar una serie de datos privados y de impertinencias de alguien muy cercano y familiar. Como si un insolente pretendiera ofrecerme detalles sobre la vida sexual de mi madre.

En ese momento el temor fue mayor que la ansiedad por devorar cada página, cada apunte. A pesar del frío de la madrugada, sentí la espalda empapada en sudor. Miré el reloj y supe que no alcanzaría a revisar ni siquiera una cuarta parte del contenido, y pensé que lo ideal sería secuestrar el fólder para disponer de él a mis anchas. Pero ¿dónde lo escondería en ese pequeño mundo en el que todo se vigilaba? Además, ¿cómo haría para devolverlo a su lugar después de que el director volviera a adueñarse de las llaves? Cuando Javier regresara —y faltaban pocas horas para eso—, tampoco podría disponer de nuevo de ese documento definitivo que tenía en mi poder. No encontraba la salida. Resolví que lo mejor sería no desgastarme en pensamientos inútiles y tratar de abarcar cuanto me fuera posible en el poco tiempo del que disponía. Así que me senté en el escritorio para esculcar mi vida, a espaldas del retrato de Escrivá de Balaguer.

Quería saberlo todo, pero en especial quería conocer el diagnóstico de Arizmendi. Encontré pronto los primeros registros sobre ese joven de catorce años que fui alguna vez y al que le gustaban el fútbol, los helados de chocolate y las caminatas en la montaña. Pasé muy rápido sobre estos primeros años, en busca de esa fórmula médica en la que debía aparecer el nombre de las pastillas a las que culpaba de mi debilidad y de mis mareos. Ya volvería a los inicios: por supuesto que me interesaban, pero antes quería resolver la gran duda.

Enterado del orden cronológico en el que había sido archivada mi vida, decidí revisar de atrás hacia adelante. La última hoja tenía un subrayado en el que aterrizaron mis ojos de inmediato: «Después del tercer frasco deberá ser tan dócil como un cordero. Si aún hay muestras de rebeldía, doblar la dosis. Las pastillas se pueden triturar y disimular en la sopa o en el jugo.» Indignado, pasé varias páginas para buscar el reporte de aquella consulta a la que me obligaron a entrar acompañado de Javier y de Mariano, y después de la cual ellos se quedaron a solas un buen rato con Arizmendi. Quería saber hasta adónde pretendían llegar con ese plan perverso que habían diseñado en mi contra. Sin embargo, lo que encontré superaba con creces todas las canalladas que hubiera podido imaginar. Alertado por una caligrafía que me resultó familiar, me detuve en una hoja de hermosísimo papel que decía en el encabezado «Mi muy querido Vicente». Aunque no hacía falta comprobarlo, miré la firma del remitente y allí estaba el nombre de mi papá.

La indignación le dio paso, de inmediato, a una profunda nostalgia. Llevaba tantos años sin verlo, sin oír su voz, sin saber de él, que la memoria empezó a dispararme escenas de mi infancia en las que nos veíamos irremediablemente felices. Los ojos se me llenaron de lágrimas y tuve que secarlos con la manga de la piyama para poder leer. Quizás mi reacción habría sido diferente si hubiera tenido noticia de esa carta: tal vez las imágenes recuperadas de manera caprichosa del cajón de atrás del cerebro habrían sido otras: las que nos llevaron a distanciarnos, por ejemplo. Pero saber que me habían ocultado sus palabras me llevaba a ubicarme en su bando, aunque ni siquiera sabía lo que decía la carta. La indignación volvió, y esta vez con más fuerza: ¿cómo era posible que me negaran la posibilidad legítima de decidir lo que haría con el único ser de la familia que me quedaba? Cuando lo pensé no caí en la cuenta de que alguna vez también yo había espiado la correspondencia ajena para decidir si era conveniente o no entregarla a su destinatario. Aunque no fue leve la tentación de abrir la puerta y asomarme al pasillo para gritarles a todos que eran unos hijos de puta que me estaban arruinando la vida, logré sacar fuerzas no sé de dónde y decidí calmarme, leer primero las palabras de mi papá y actuar con cabeza fría.

5

Mi muy querido Vicente,

No sé cuántos kilómetros he recorrido de un extremo al otro de este estudio que tan bien conoces, recogiendo los pasos de una vida que tantas veces me ha puesto en jaque, y pensando si debo escribirte. Ahora ves que me decidí a hacerlo: la única duda era la de saber si te haría más daño con mis palabras o con mi silencio. Pero decidí romper mi promesa de jamás volverte a buscar, como me lo pediste en nuestro último encuentro, porque tengo la esperanza enorme de verte una vez más. La última. Conoces la terquedad de mis ilusiones: fue capaz de ganarle el pulso a la palabra que alguna vez te di. Tienes, por supuesto, la libertad de mantenerte en la tuya, de rechazar el encuentro, de insistir en el silencio, de seguir alimentando el olvido... Si eso decides, no te juzgaré. Dejé de hacerlo hace mucho tiempo, y puedes contar con que ese sí es un juramento inviolable.

Por favor, no creas que pretendo conmoverte con lo que

te voy a contar. Ni mucho menos manipularte. Tal vez sólo lo hago para que más adelante no pienses, cuando te enteres, que habrías preferido saberlo por mí. Me juego la última carta.

Después de varios exámenes, la semana pasada me confirmaron que sufro de cáncer. El tumor se ha ido apoderando de las vías digestivas, y los médicos coinciden en que nada se puede hacer: sólo esperar la muerte.

Estoy sereno y lo tengo todo previsto. No te escribo para que te ocupes de mí. Ni siquiera de mis restos: también eso está arreglado. Lo hago porque entenderás que he empezado a poner en orden mis asuntos y no quisiera marcharme con la deuda enorme de este corazón que te quiere ver una vez más... quizás sólo para decirte que nunca dejó de amarte.

Hijo, ahora que lo sabes quedo más tranquilo. Pero también quiero que sepas que hasta el último minuto guardaré la ilusión de tenerte a mi lado, aunque sea un instante, antes de partir.

Tu padre, que te ama,

ANÍBAL

6

A pesar de haber pasado tantos años censurando el estilo de vida de mi papá y desaprobando sus convicciones, su carta había logrado mucho más que conmoverme: me había hecho pensar que quizás habría valido la pena tratar de mantener una relación en la cual las diferencias evidentes en nuestra manera de entender el mundo no nos impidieran ser amigos. Pero pensé que era tarde para considerarlo. Mientras volvía a meterme en la cama, lamenté no haber disfrutado más tiempo de esa simpatía suya que casi todos destacaban. De esa fuente inagotable de optimismo. De esa facilidad para encontrar en lo cotidiano motivos permanentes de celebración. Antes de cerrar los ojos me quedé con la idea de que mi viejo era un buen tipo: esa idea que tantas veces negué y contra la cual luché de manera decidida cuando entré a la Congregación.

Había estudiado arquitectura, pero su verdadera

pasión fue siempre la pintura. De hecho, llegó hasta el final de la carrera por darle gusto al abuelo. Pero apenas obtuvo el diploma, se lo entregó y le dijo que en adelante haría lo que en realidad le gustaba: pintar. Y a pesar de las críticas y de los ruegos de la familia, se instaló en una especie de comunidad hippy en el barrio La Candelaria, en el centro de Bogotá. Durante un buen tiempo vivió por cuenta de los retratos que pintaba los fines de semana en un concurrido mercado de pulgas y de los telones que hacía para las escenografías de los grupos de teatro de sus amigos. Estuvo un par de años en Madrid con una beca que logró estirar con maestría y que complementó con toda suerte de trabajos de ocasión: fue mesero en un bar de Chueca, guía durante el verano en el museo del Prado, botones de un hotel de la calle Preciados, acomodador de una sala de cine en la Gran Vía... En los últimos meses lo contrataron para llevar a pasear tres veces a la semana al parque del Retiro a un viudo millonario que le tomó mucho cariño y lo recompensó con dinero suficiente para que alargara su estadía en Europa casi un año más, que repartió entre París, Amsterdam y Florencia. Regresó a Colombia sin un peso en el bolsillo. Consiguió puesto como ilustrador en una fundación dedicada a investigar y difundir la fauna: dibujó meros y barracudas, osos de anteojos y mariposas azules, y se enamoró de una bióloga alemana con la que vivió tres años. Cuando la mujer regresó a Berlín, conoció a una fotógrafa con la que se casó al poco tiempo: mi madre. Poco antes de que yo naciera abandonó el trabajo, convencido de que había llegado el momento de dedicarse por completo a la pintura. Jamás logró ingresar a la élite de los artistas ni alcanzó la fama con sus cuadros, pero llevó una vida bohemia que lo mantuvo feliz. Una vida que en el Opus siempre me señalaron como perniciosa.

Liberal como pocos, mi papá habría preferido para mí una educación laica, más preocupada por los lienzos y los libros que por el incienso y las camándulas: así se lo oí decir en alguna discusión con mi madre, cuando sintió que me estaban perdiendo, que ya ni siquiera me tomaba el trabajo de contradecirlos, que ignoraba sus palabras y me burlaba de sus consejos. Fue la única vez que lo oí levantar la voz: parecía como si el amor y el respeto por mi mamá le impidieran incluso estar en desacuerdo con ella. Aquella vez, muy cerca de perder el control, se lamentó de haberle aceptado que me inscribieran en un colegio con formación religiosa, que, según decía, me había impedido conocer el mundo verdadero, untarme de la realidad y ver más allá del cerco que mis propios maestros habían levantado para que cayera en sus redes sin remedio.

Lo curioso es que mi madre también era una mujer liberal y de mente abierta, pero las secuelas del rigor con el que fue educada, y ese rescoldo de culpa que le producía haberles dado la espalda a los preceptos que le inculcaron las monjas con las que estudió, la llevaron a pensar, ingenuamente, que un poco de catecismo no me haría daño. Con su muerte prematura sentí que había perdido a la única persona, más allá de los cuarteles de la Congregación, que en el fondo de su corazón podía entender mi decisión de haberme matriculado en las filas de Escrivá de Balaguer.

Cuando se fue de este mundo, el rechazo hacia mi papá tomó una fuerza definitiva. Pasaron muchos años para que me atreviera a dudar de aquellos que me incitaron a despreciarlo, y poder llegar a considerar que tal vez el viejo tenía algo de razón.

7

Al día siguiente de mi hallazgo, Mariano me buscó en la habitación pasadas las nueve de la mañana. Le preocupaba que aún no me hubiera levantado: quizás temía por un efecto desbordado de las pastillas. Seguramente era eso, de lo contrario, no me habría permitido permanecer en la cama hasta tan tarde. Estaba tan dormido que varias veces sentí que me sacudían pero era incapaz de reaccionar. Antes de conectarme tuve la imagen de Escrivá al lado de la cama, con el azote en la mano, anunciándome un castigo ejemplar por mis malos actos. Desperté sobresaltado y no sé quién se asustó más, si Mariano al ver mi descontrol, o yo mismo, que no entendía en dónde terminaban las pesadillas y comenzaba una realidad que no sabía cómo enfrentar.

Unas horas atrás, a punto de amanecer, había cometido el gravísimo pecado de hurtar la carta de mi padre —¡como si acaso no me perteneciera!—, la fórmula médica con las recomendaciones del doctor Arizmendi y aquel listado confidencial en el que aparecían apellidos de familias rancias y sumas exorbitantes. Después de haber leído la carta de mi papá, de haber verificado que la había escrito hacía poco más de un mes, de haber temido que quizás fuera tarde para volver a verlo, tuve la tentación de cobrar inmediata venganza. Pero quedé tan golpeado y confundido que decidí esperar hasta que pudiera poner en orden mis ideas.

Cuando logré ubicar a Mariano lo primero que pensé fue que habían descubierto mi falta: que habían echado de menos la información sustraída, que el olor a orines los había puesto en alerta. Pero el hombre fue compasivo en el momento de informarme la hora y de preguntarme cómo me encontraba. Entonces, como si sus palabras hubieran activado algún mecanismo en mi interior, pasé del temor al desprecio. Quise lanzarme contra él, tomarlo por el cuello y vomitarle todos los insultos de los que me había contenido la víspera. Pero sólo le dije que me sentía mal, muy mal, y que necesitaba salir a caminar un buen rato en soledad. «Es cuando más acompañado debes estar», me dijo, y me sugirió extender los tiempos de oración. Y me dio quince minutos para bañarme, vestirme y llegar a su despacho.

Sabía que no me iba a resultar tan fácil escapar

de mi encierro, acceder a un teléfono para comunicarme con mi papá, buscar a alguien que no tuviera cartas en el asunto y que pudiera darme un consejo certero. Alguien que al comienzo no se me ocurría quién podía ser: me había alejado del mundo de tal manera que casi todos mis conocidos pertenecían a la Congregación. Fue mientras me afeitaba, frente al espejo, cuando pensé en Eduardo. Y bastó con que su nombre se me viniera a la cabeza para sentir una necesidad profunda de desahogarme con él, de abrirle mi corazón, de contarle lo sucedido. Él, mejor que nadie, podría entenderme. Al fin y al cabo conocía como pocos los secretos del Opus Dei. Y, lo que era mejor, conocía la manera de acceder a la puerta de salida... una frontera muy difícil de cruzar sin resultar lastimado de por vida.

8

Mariano, que era experto en identificar los síntomas de quienes habían entrado —o estaban a punto de entrar— en la etapa de las grandes dudas, las que muchas veces conducían a la deserción, me hizo sentar frente a él y se tomó unos segundos antes de hablar. Primero me miró fijamente como para intimidarme, para darle énfasis a lo que iba a decir, y luego soltó su sentencia: «Recuérdalo siempre: nuestro padre no da ni cinco centavos por el alma de quienes abandonan la Congregación. —Y luego de una pausa, mientras se deleitaba con mi cara de terror, continuó—: Y no se trata sólo del alma. ¿Te acuerdas de Miguel Velásquez, que no fue capaz de soportar las pruebas del Señor y se retiró? Ahora tiene cáncer y su familia sufre mucho.»

Me quedé mirándolo mientras salía, incapaz de pronunciar palabra, y luego me encontré con los ojos de Escrivá, que también reinaba en aquella habitación. No recuerdo si el retrato era idéntico al del despacho de Javier, pero esa mañana me pareció que su sonrisa era casi una carcajada, un gesto desafiante, una amenaza cargada de ironía. Había trabajado todos los días de mi vida, durante poco más de once años, por conseguir un lugar en el paraíso, a la diestra del hombre que ahora se burlaba de mí. Había renunciado a mi familia, a los placeres de la carne, a la libertad de movimiento y al derecho a tomar mis propias decisiones porque estaba seguro de que ése era el camino para llegar al cielo. Me habían convencido de que la vida no tenía sentido por la vida misma. Me habían convertido en un ser dependiente al extremo, que ni siquiera podía asomarse a la calle sin pedir autorización. Y ahora, los mismos hombres que iluminaban mi camino a cada paso, los mismos que me decían en qué momento debía cerrar los ojos y a qué hora los podía abrir de nuevo, me amenazaban con el infierno si me desviaba de la ruta.

Entré a la capilla por instinto, pero una vez adentro no supe qué hacer. Estaba acostumbrado a pedirle ayuda a Escrivá cada vez que tenía un problema, pero en esta ocasión resultaba un poco absurdo entregarme en los brazos de quien sentía que se estaba convirtiendo en mi verdugo. Tenía tanta información dando vueltas en la cabeza que durante un buen rato estuve allí sentado viendo una película de imágenes superpuestas y oyendo consejos, amenazas y advertencias que se contradecían. Al final me quedé con el eco de las palabras de Mariano sobre Miguel Velásquez, «... no fue capaz de soportar las pruebas del Señor...», y sólo se me ocurrió pedir perdón, por si acaso lo que me estaba ocurriendo no era otra cosa que un desafío ante el cual me estaba comportando como un incapaz. Perdón, perdón, perdón, repetí mil veces, y las lágrimas aparecieron cuando temí que el cáncer de mi papá fuera un castigo por mi mala conducta. «Permite que sea yo el que muera», le rogué a ese Dios al que unos minutos atrás había acusado de darme la espalda, y quise que también a mí un tumor empezara a devorarme por dentro para terminar con tanta angustia y entrar de una vez por todas a ese cielo del que por momentos confundía su camino.

No sé cuánto tiempo había pasado cuando el padre Julián entró a la capilla y me sugirió que me confesara. Supe de inmediato que lo habían puesto al tanto de lo sucedido y que a través de él buscarían la manera de obtener la información que les estaba haciendo falta para completar la historia. Mientras caminaba tras él hacia el confesonario, sentí que de la maraña de sentimientos brotaba de nuevo el odio, y entendí que en las palabras que salieran de mi boca estaría mi salvación o mi condena.

—¿De qué te acusas?

—De haber deseado la muerte.

—¿Qué dices? ¿Conoces la gravedad de tu pecado?

—Sólo he querido morir para estar muy pronto al lado de nuestro padre.

—Estás confundido: nuestro padre aborrece a los suicidas. El infierno está lleno de estúpidos que han pretendido decidir la hora de su muerte.

—No he pensado en el suicidio...

—No te entiendo. El Señor te exige que le expliques con detalle los malos pensamientos que ha concebido tu cabeza.

—Sólo le ofrecí a nuestro padre mi muerte... cuando llegue...

—Entonces, ¿por qué te confiesas de eso? ¿O acaso estás ocultando tus verdaderos pecados?

—Estoy confundido... creo que las pastillas me alteran las ideas.

—No hables pendejadas. Las pastillas te las formuló Dios: el médico que te las dio sólo fue un instrumento del Señor.

—Entonces, me confieso de haber pensado que las pastillas me estaban haciendo daño.

—Dobla los tiempos de mortificación. Castiga tu cuerpo para que deje de producir ideas malignas. Y vuelve a confesarte mañana a primera hora.

Busqué el látigo, me encerré en el baño, me desnudé y empecé a golpearme la espalda. Era un azote de hilo de cáñamo que terminaba en cinco nudos gruesos. Estaba reforzado en las puntas con astillas de hueso que herían la piel en cada golpe. Debíamos usarlo los sábados en las mañanas, unos diez minutos, antes del baño con agua helada, y todas las veces que fuera necesario para calmar las tentaciones de la carne o para pedir perdón por nuestras malas actuaciones. Los superiores promovían con frecuencia inusitada el uso de las disciplinas —como las llamaba Escrivá—, aduciendo que a nuestro padre le producía una alegría enorme que castigáramos el cuerpo, «porque tu cuerpo es tu enemigo».

Esa mañana lo castigué con severidad hasta que las paredes del baño terminaron salpicadas de infinidad de puntos rojos. No oré ni pedí perdón, como lo ordenaban las normas, porque no me azoté con arrepentimiento sino con ira. «¿Esto es lo que quieren? —decía, y me golpeaba con fuerza—. ¿Esto es lo que quieren?», repetía una y otra vez mientras sentía cómo las heridas se abrían y dejaban correr la sangre.

Terminé exhausto. Me tendí sobre las baldosas del baño y me ataqué a llorar como no recordaba haberlo hecho nunca. Por primera vez en mucho tiempo sentí la necesidad de un consuelo, de una caricia. Pensé en mi madre y el llanto me produjo una congestión que me impedía respirar. Era una masa repugnante de carne, sangre, mocos y lágrimas. Era un hombre con el cuerpo destrozado y la cabeza sin norte. Me senté en la taza del inodoro y me soné para permitir la entrada del aire. La imagen de mi madre volvió con más fuerza y recordé las palabras ya lejanas de Javier cuando me prohibió acompañarla en su agonía. Decidí que no permitiría que lo mismo sucediera con mi papá, sin importar el costo que tuviera que pagar. Ya no estaba tan convencido de que mi verdadera familia fuera esa que me causaba tanto dolor... aunque supuestamente mi dolor fuera a ser premiado en el más allá. Al menos por un momento quería pensar en el acá, en el ahora. En mi padre agonizante, si es que aún estaba con vida.

11

Suponía que la vigilancia permanente que me habían montado se habría intensificado con los sucesos de los últimos días. Suponía que si habían ocultado la carta de mi papá procurarían evitar cualquier contacto con alguien que pudiera darme la noticia. El sábado en la mañana, decidido a buscar una conexión en el mundo exterior, pedí permiso para hacer una llamada. Le dije a Mariano que la dueña del café Latino me había sugerido que me comunicara con ella en esa fecha para concretar una donación que pensaba hacernos. Aunque inicialmente me exigió que le diera todos los datos, pues él se encargaría de la diligencia, logré convencerlo de que la señora Arango era muy desconfiada y no convenía cambiarle las reglas que ella misma había establecido. Así que, frente a él, que me espiaba con poco disimulo, marqué el número telefónico en el que esperaba encontrar una luz para empezar a iluminar una nueva vida.

—¿Señora Arango?

—¿Quién habla? —La voz de Eduardo, al otro lado de la línea, sonaba desconcertada. El sudor me bañó la espalda en un instante, mientras rogaba en silencio que mi amigo entendiera la trama y no colgara el teléfono.

—Vicente Robledo, señora. ¿Cómo ha estado?

—¡Vicente! ¿A qué juega? ¿En dónde anda?

—Me alegra mucho, señora. La llamo, como habíamos acordado, para el regalo tan especial que le había prometido al Señor a través de nosotros.

—Vicente, ¿está en problemas?

—Sí, señora Arango. Le agradezco mucho. Usted me dirá qué hacemos.

—Nos encontramos en una hora al lado de la escultura roja, en el parque del Virrey. ¿Le parece?

—Como usted diga, señora. Allá estaré. Muchísimas gracias de nuevo. Mi Dios se lo multiplicará.

Como sabía que me obligaría a asistir acompañado a la supuesta cita, le dije a Mariano que la señora Arango nos esperaba el lunes a las diez de la mañana. Y, para justificar la emoción que se reflejaba en mi cara, le anuncié que estaría un buen rato en la capilla agradeciéndole a Dios tanta generosidad. Aunque no acababa de darles crédito a mis palabras, aunque no entendía el porqué de ese cambio en mi actitud, Mariano sólo atinó a preguntarme si sabía de qué suma estábamos hablando. «La desconozco —respondí—, pero me temo que se trata de un cheque bastante jugoso.» Quince minutos más tarde, aprovechando un descuido de mi vigilante, crucé la puerta principal de la casa y corrí hasta alcanzar la avenida.

12

Esperé en una tienda desde la cual alcanzaba a controlar los movimientos alrededor de la escultura roja. Con los pocos pesos que tenía en el bolsillo compré una botella de agua muy fría, que bebí en pocos sorbos. Faltaba poco menos de media hora para el encuentro. Caminé de un lado al otro del local mirando el reloj a cada instante, hasta que vi a Eduardo, a lo lejos, con una chaqueta deportiva de color rojo que lo destacaba entre la nube de caminantes. Corrí hasta él y lo abracé como si fuera mi salvador. Y de hecho lo fue: después de mis lágrimas y de su lamento por el estado en que me encontraba, me llevó hasta su apartamento, a pocas cuadras de allí, en un recorrido a pie en el que no dejé de mirar hacia atrás con el temor de que alguno de mis hermanos me persiguiera.

Hacía por lo menos tres años que no lo veía. Había ganado unos cuantos kilos que le sentaban muy bien. Tenía una barba corta, casi a ras, y su nueva forma de vestir le daba un aspecto atlético. Su apartamento estaba decorado con los mínimos elementos, pero cada uno parecía estar ubicado en el lugar preciso: no más que un par de cuadros de figuras geométricas, una talla en madera negra en forma de obelisco, una repisa repleta de discos, un baúl que había convertido en pequeña cava, un portarretratos de anticuario con la fotografía de una mujer que me pareció hermosa y unas cuantas vasijas que alojaban piedras, semillas, pétalos secos y cajas de fósforos de restaurantes y hoteles de diversas ciudades. Pero lo mejor, sin duda, es que se trataba de su propio espacio. De un mundo privado. De un pequeño universo en el que Eduardo reinaba a su antojo. Todo esto lo pude ver y lo pude entender un buen rato después de haber llegado, cuando mi amigo me sirvió el primer whisky de una larga serie, que ayudó a calmar la ansiedad que me había dejado la comunicación con mi papá.

Camino a casa de Eduardo, en una conversación desordenada y angustiosa, me había ahorrado la mayoría de los detalles de mi historia para aterrizar en lo urgente: en la necesidad apremiante de saber si mi padre estaba con vida. Y lo estaba: la enfermedad seguía avanzando de manera silenciosa, pero mi viejo aún gozaba de plena lucidez. Su emoción no fue poca cuando oyó mi voz. Me dijo que a pesar de que mi silencio le dolía cada día más, en la misma medida crecían sus esperanzas de verme antes de morir. Le expliqué que me encontraba en una situación difícil en extremo, que en ese momento no estaba en capacidad de contarle lo que pasaba, pero que podía tener la seguridad de que muy pronto estaría a su lado.

13

«Si Dios existe —me dijo Eduardo con el tercer whisky, después de oír el relato sobre mis hallazgos en el despacho de Javier—, estoy seguro de que planeó este encuentro por muchos motivos. Y uno de ellos, no me cabe la menor duda, fue el de permitirme cerrar por fin este ciclo. Estaba esperando un motivo. Estaba buscando nuevas razones. Pero jamás se me ocurrió que llegarían de su mano. Nunca habría imaginado que el mensajero de esa verdad fuera precisamente el ser del que fui más cercano en la Congregación: un amigo verdadero, el único con el que no me sentía ridículo llamándolo hermano. Han pasado tres años largos desde que abandoné el Opus Dei, y creo que apenas a partir de hoy tendré la conciencia absolutamente tranquila. A partir de hoy podré despertar sin asomos de culpa, podré hacer el amor con Julia sin que me cubra la sombra del pecado. Me hacía falta una pieza para armar el rompecabezas, y usted me la acaba de entregar. Ahora que puedo verlo todo desde la barrera, lo que han hecho con usted me confirma en dónde está el mal y quiénes son los verdugos. Fíjese cómo es la vida: usted me buscó para que lo ayudara sin saber que también yo lo necesitaba. La cura es larga, Vicente, hágase de una vez a esa idea. No se imagina qué tanto nos han lavado el cerebro. No se imagina qué tanto daño nos han hecho. Ahora no podrá entenderme, y quizás sea mejor que yo no me exceda en mis comentarios para no confundirlo más de lo que ya está. Hace un par de años no habría dudado en vomitarle todas las verdades en una sola sentada. Pero, a juzgar por mi experiencia y por la de tantos otros que han abandonado la secta, estoy convencido de que usted tiene que irse armando de razones. Tiene que encontrar y recorrer su propio camino. Ahora, y durante un buen tiempo, serán muchas más las dudas que las certezas.»

14

Eduardo me sugirió que esperara unos días antes de viajar a Cartagena a encontrarme con mi papá. Había llorado tanto ese día, a su lado, mientras le contaba lo que había sido de mi vida —lo que estaban haciendo con mi vida—, que no le fue difícil convencerme. La idea no era aparecerme ante el lecho de un moribundo para ahogarlo con mis propias penas. Un moribundo al que no veía hacía tanto tiempo y que había soñado con una sonrisa de su hijo, con un recuerdo hermoso recuperado de los cajones secretos de la memoria, para poder despedirse de este mundo. Mi amigo me ofreció un espacio en su casa para pasar esos días. Me ofreció su compañía y su silencio, según lo que demandara mi estado de ánimo, y también una plata para sobrevivir: suponía, porque había pasado por las mismas, que no tenía ni un peso en el bolsillo.

El whisky logró marearme un poco, y Eduardo

me propuso que me quedara tendido en el sofá mientras preparaba algo de comer. «No se imagina lo buen cocinero que me he vuelto», me dijo, y un rato después pude comprobarlo, cuando apareció con un lomo en salsa de mostaza que devoré. Mientras él cocinaba me quedé allí, boca arriba, pensando que había salido de ese centro al que consideraba mi casa sin una muda de ropa, sin la piyama, sin el cepillo de dientes, sin el desodorante... porque en realidad no había pensado en huir para siempre cuando crucé la puerta y empecé a correr. No tenía más posesiones que una carta doblada en cuatro, una fórmula médica y un listado de nombres que por algún motivo que aún ignoraba el Opus pretendía mantener en secreto. La verdad es que cuando escapé no había pensado en que abandonaría la Congregación: estaba hastiado, triste y confundido, pero la idea de irme para el infierno me acosaba de tal manera que en ese momento sólo tenía claro que quería llamar a mi papá, buscar el consuelo de Eduardo. Tampoco había pensado lo que diría a la vuelta para justificar mi ausencia de tantas horas. Pero mi amigo lo había asumido como un tiquete sin regreso y empezaba a ofrecerme soluciones para cada inconveniente y probablemente a disponerlo todo para mi nueva vida. Al final de la comida, de vuelta al whisky, le pedí lo más atrevido —y quizás lo más desesperado— que jamás había pedido en mi vida:

—Eduardo, necesito que me llene de razones para no regresar.

—No estoy seguro de que sea el momento, Vicente. No sé si puede soportar más voltaje.

Ante sus dudas, quise esgrimir un argumento imposible de rebatir: me levanté la camisa y le mostré las heridas recientes del látigo en mi espalda. Y reforcé mi solicitud con una tesis en tono de súplica.

—Sólo sé que si paso esta noche por fuera de la casa, tal vez mañana sea más fácil. Pero si los temores me hacen regresar, usted mejor que nadie sabe lo que pueden hacer conmigo... y seguramente tenga que esperar muchos años para encontrar otra oportunidad de huir.

—Entonces, así será. Hay tiempo de sobra... y suficiente whisky.

15

Eduardo se tomó muy en serio mi solicitud. Se quitó los zapatos, cambió a Sabina por el Réquiem de Mozart, trajo hielo de la cocina, actualizó las bebidas y me advirtió que la historia que me iba a contar no se la había relatado a nadie, no sabía si por vergüenza, por temor, por culpa o por una mezcla de las tres, pero consideraba que había llegado el momento de salir de ella. «De nuevo —me dijo—, no lo hago sólo por usted, para ir llenándolo de razones... también a mí me hace bien compartir con alguien ese guardado que a veces me quita el sueño. Y, ¿quién mejor que usted?» Se acomodó con las piernas cruzadas en la poltrona de cuero y empezó a hablar.

«Ocurrió antes de que nos conociéramos. Yo vivía en Medellín, en una casa del barrio Laureles en la que nos dedicábamos a hacer trabajo con los universitarios. Estudiaba derecho en la Bolivariana y estaba encargado de coordinar las actividades de los sábados: partidos de fútbol, caminatas, paseos a una finca que nos prestaba un supernumerario cerca de La Pintada... Era un trabajo muy apreciado porque ahí era donde lográbamos acercarnos más a los aspirantes, darles la idea de que el Opus Dei era no sólo algo normal, sino además divertido. A veces llevábamos guitarra, armábamos una fogata, nos poníamos a cantar y nos tomábamos un par de cervezas. Tres o cuatro sábados después de que un aspirante iba por primera vez lo invitábamos a una tertulia en la casa y poco a poco lo íbamos metiendo en nuestro mundo. En esa época llegaron muchos miembros nuevos a la Congregación y yo me convertí en uno de los hombres de confianza del director, que era Manuel Arana. Un día, poco antes de salir a vacaciones de fin de año, Arana me pidió que lo acompañara hasta la casa en donde funcionaba el consejo regional, en El Poblado. Me propuso que nos fuéramos caminando y le ofreciéramos el ejercicio a nuestro padre. Cuando llevábamos un par de cuadras empezamos a rezar el rosario: me acuerdo que cuando nos cruzábamos con alguien orábamos mentalmente o suspendíamos por un instante el rezo. Al terminar me confesó el verdadero propósito de la invitación. Me dijo que monseñor Navarro, que era el hombre más importante del Opus Dei en Colombia, había viajado desde Bogotá para sostener una reunión con un grupo de elegidos para una misión secreta. Me contó que llevaban más de un mes conformando el grupo y que yo debía sentirme muy orgulloso de formar parte de él, que se trataba del mayor voto de confianza que me había dado la Congregación, que le agradeciera a Dios y le pidiera a nuestro padre para que pudiera cumplirlo de la mejor manera. Y, de ahí hasta que llegamos a la casa, me insistió varias veces en la total confidencialidad que debía mantener sobre todo cuanto iba a oír. Y créame que la mantuve, Vicente. Fíjese cuántos años han pasado y apenas ahora abro mi boca para revelar ese secreto. En esa época yo no tenía más ojos que para el Opus. Toda mi vida giraba en torno a la Congregación. Habría hecho cualquier cosa para agradar a nuestro padre... y, de hecho, lo hice.

»No éramos más que cuatro personas en aquella reunión, que comenzó con la lectura en latín de una oración de Escrivá que nunca había oído antes; Navarro nos contó que estaba reservada para los momentos más íntimos. Yo tenía una mezcla de felicidad, de curiosidad y de temor... un temor reverencial, una ansiedad que estaba a punto de consumirme. Desde que ingresé al Opus Dei, poco antes de cumplir los quince años, casi todos mis pensamientos y mis acciones estuvieron signados por el secreto. Pero nunca había sentido tal ambiente de misterio como aquella vez. A manera de introducción, Navarro nos explicó que uno de los derroteros que nuestro padre había señalado para el lustro que acababa de comenzar era el de fortalecer la lucha contra el comunismo, uno de los mayores enemigos de la religión, de la verdad y de los hombres de bien. Que, apoyado en su inteligencia privilegiada, había establecido una serie de pasos que irían siendo revelados a su debido tiempo y que, por ahora, de manera inmediata, se daría inicio a una serie de acciones en varios frentes: las universidades públicas, ciertos organismos del Estado y una serie de empresas en las que algunos miembros destacados de la organización ocupaban cargos directivos. Navarro nos explicó que había países que nos llevaban la delantera en esta cruzada urgente, que nosotros no podíamos quedarnos atrás, y nos recordó las palabras que alguien le oyó decir a Escrivá de Balaguer cuando visitó en Chile al dictador Augusto Pinochet: «Algunas veces Dios permite matar gente por una causa justa.»

»Yo miraba a Navarro con la boca abierta, con la extraña sensación de haber ingresado a una especie de élite del Opus, y varias veces tuve que controlar mis ansias de preguntarle cuál sería mi misión en esa cruzada, que empezaba a resultarme fascinante. Hasta que, luego de un par de horas, me fueron asignadas mis tareas. Debía renunciar, al menos por un tiempo, a mis estudios de derecho. Tenía que trasladarme a Bogotá, en donde a comienzos del año siguiente entraría a cursar cuarto semestre de sociología en la Universidad Nacional. Lo habían arreglado todo con un miembro de la Congregación que habían logrado infiltrar en el cuerpo directivo: sólo tendría que validar unas cuantas materias, pero el contenido de los exámenes me sería revelado con suficiente anticipación. No volvería a cortarme el pelo hasta nueva orden y tenía que empezar a fumar cigarrillos Pielroja sin filtro. Sería un cazador de líderes comunistas en la universidad. Las instrucciones sobre la manera de realizar mi trabajo me las darían en una próxima reunión.

»Así que antes de una semana viajé a Bogotá, precisamente la víspera del matrimonio de mi hermana mayor. No me permitieron asistir a la ceremonia, y mucho menos a la fiesta, aduciendo que mi verdadera familia era la Congregación y que nada tenía que hacer en celebraciones mundanas que solían terminar en bacanales lamentables. La verdad es que no me importó mucho: estaba tan fascinado con mis nuevas responsabilidades que, en ese momento, habría dejado de asistir incluso al entierro de mi madre. Por cierto, cuando conocí a mis sobrinos, unos meses después de abandonar el Opus, el menor acababa de cumplir cinco años... Se llama Eduardo... mi hermana me confesó que le había puesto mi nombre como una manera de recuperar algo de ese hermano al que creyó que jamás volvería a ver... ¿Usted cree que es justo? En fin: ésa es otra historia de la que ya hablaremos. Volvamos a mi tarea como cazador de comunistas.

»En Bogotá me instalé en la casa de la secta que estaba al lado del parque Nacional. Por los retiros espirituales de fin de año, conocía a algunos de los que vivían allí, pero el único con el que podía comentar mis actividades secretas era el director. Supuestamente, y así se lo hicieron creer a mis hermanos, me habían asignado ciertas tareas de secretariado en el despacho de Navarro. Lo que debió de parecer muy extraño fue mi pinta de aquellos meses, con el pelo largo y la ropa descuidada, pues todos los que trabajaban al lado de monseñor estaban siempre impecables. Supongo que lo justificaron con alguna de esas explicaciones que ahora me resultan totalmente estúpidas: que no debía desentonar con mis compañeros de estudio para no parecer un extraño... yo qué sé... cualquier cosa dirían. Lo cierto es que al menos una vez a la semana me reunía con el comité ultrasecreto para entregar mi informe, que inicialmente no era otra cosa que un reporte de frases, comentarios, actividades, lecturas y opiniones de mis compañeros de estudio para poder determinar quiénes eran de izquierda, quiénes pertenecían a algún movimiento político, quiénes estaban en contra de la Iglesia, quiénes tenían liderazgo sobre los demás... En la segunda fase tuve que fingir amistad con algunos de ellos para tratar de llegar hasta sus casas y conocer a sus amigos. Nunca sabré qué más hacían con la información que les entregaba, pero ahora que puedo mirar desde afuera, y después de tanto tiempo, todo lo que pasó en esa época, estoy seguro de que había manejos muy oscuros en esa cruzada infame de la que tristemente formé parte.

»No quiero extenderme mucho porque esto empieza a hacerme daño... y porque el hambre está atacando de nuevo y habrá que buscar algo para comer. No nos sentaría mal salir por ahí un rato... sobre todo a usted le caería bien ver esa otra ciudad que seguramente no conoce... Sólo le cuento un par de cosas más para que no se le ocurra regresar a esa casa a la que jamás debería haber entrado.

»La Congregación estaba aliada en esa campaña con unos tipos que se hacían llamar Los Cóndores, y que no supe muy bien si pertenecían al ejército, estaban contratados por el Estado o actuaban por cuenta propia. En todo caso le reportaban a un ministro que era muy amigo de monseñor Navarro. Ellos nos decían cómo debíamos actuar y nos daban cartilla sobre las preguntas que debíamos formular y también sobre las cosas que jamás debíamos decir... Vicente, entiendo sus lágrimas y su conmoción, pero todavía no le he dicho lo peor, y es mejor que salgamos de eso de una vez: uno de los compañeros al que seguí con más atención, que se llamaba José Alvarado y que pertenecía a las juventudes comunistas, desapareció antes de que termináramos el semestre. Un buen día dejó de ir a la universidad y nadie volvió a saber de él, hasta que encontraron su cadáver por los lados de Modoñedo varias semanas después. Lo habían torturado antes de matarlo. Vicente, tengo ese muerto atravesado. Y lo tendré atravesado por el resto de mis días. No son pocas las noches en que aún me pregunto si su muerte tuvo que ver con aquella cruzada en la que participé. A veces, en la madrugada, abro los ojos y me parece volver a ver a la mamá de Alvarado, bañada en lágrimas, cuando iba a la universidad a averiguar si habíamos tenido alguna noticia de José.»

16

Fuimos a cenar a un restaurante español en la Zona Rosa. A la hora de ordenar, aturdido por los excesos de la jornada, le dije a Eduardo que había perdido el apetito, pero él insistió en que debíamos comer bien porque nos esperaba una larga noche.

—¿Una larga noche? —repetí a manera de pregunta.

—Es hora de que empiece a recuperar el tiempo perdido.

—No sé si debería...

—Vicente, no lo puedo creer, ¿aún le quedan dudas?

—No es eso... es que salir así, de un momento a otro... me siento como un preso que escapa de la cárcel...

—Una cárcel: eso es. Pero yo diría, más bien, que se trata de un preso al que luego de muchos años le dicen que lo habían condenado por error y le abren las puertas.

—Eduardo, el infierno. Tantos años de negaciones y de sufrimiento, y ahora... echar a perder todo el esfuerzo...

—Lo entiendo de sobra. Eso mismo sentí yo el día que abandoné la Congregación. Durante un buen tiempo pensé que me iba a tostar en el infierno... hasta que comprendí que el infierno era lo que estaba viviendo, que el infierno es esa secta en la que caímos en mala hora... Vicente, si usted fuera mi hijo, haría cualquier cosa para impedir que regresara: lo encerraría si fuera necesario... Pero usted tiene que tomar sus propias decisiones. Sólo le repito lo que me dijo hace un rato: si regresa a esa casa tal vez tenga que esperar muchos años para encontrar otra oportunidad de huir. Usted decide.

Le expliqué a Eduardo que necesitaba tiempo. Que iba a llamar a Mariano para decirle que me había enterado de la enfermedad de mi papá y no había encontrado la oportunidad de pedirle permiso. Que me entendiera. Que era un asunto de fuerza mayor. Que regresaría en unos días.

—Necesito pensar mejor las cosas... No quiero regresar, pero no sé si ésta es la manera...

—Vicente, usted no tiene que darme explicaciones a mí. Si eso lo hace sentir más tranquilo, hágalo, llame. Pero no espere encontrar al otro lado de la línea a un ser comprensivo que le diga que no hay problema, que se tome su tiempo, que vuelva cuando le dé la gana. Usted sabe lo que le van a decir. Usted sabe que lo van a hacer sentir como una escoria. Que lo van a torturar sicológicamente. Que lo van a amenazar.

—Yo sé. Pero de alguna manera es mi familia... O era mi familia. Era mi casa. Y me fui sin decir adiós.

—Perdóneme que le pregunte, Vicente: ¿también pensó eso cuando se fue de la casa de sus papás?

—Ya sé que mis argumentos son débiles y contradictorios, Eduardo. Pero mi temor es muy grande. Piense que desde que era un niño me han taladrado la cabeza con sus ideas. Piense que he compartido con ellos casi la mitad de mi vida, y que hubo temporadas en las que me sentí muy feliz: no sé si me agradaba esa forma de vida, pero tenía la seguridad de que al cumplir las normas de la Congregación me estaba ganando el cielo, y no había nada más importante para mí. Piense que hasta hace muy poco, cuando empezaron las dudas, no se me ocurría pensar en que existiera otra posibilidad de vida para mí. Hasta hace muy poco, más allá de la puerta que acabo de cruzar, solo veía la perdición.

—Entiendo de sobra sus temores y su angustia. Pero usted mismo acaba de dar la clave: como lo pescaron cuando todavía era un niño, no tuvo la oportunidad de ver otros caminos, otras opciones de vida. Le taparon los ojos, como a un caballo, para que caminara de frente por donde ellos querían. Usted no eligió libremente: lo fueron conduciendo a punta de engaños, de presiones y de amenazas, de la misma manera como después usted y yo engañamos a otros para que entraran a la Congregación. ¿Ya no se acuerda de todas las estrategias que nos enseñaron para atraer a los aspirantes, para alejarlos de sus familias, para hacerles creer que llevábamos una vida normal, para obtener información de la que luego nos valíamos para hacernos pasar como iluminados?

Quise decirle que tenía toda la razón, que sus argumentos resultaban más que convincentes, que estaba resuelto a alejarme de quienes no sólo me habían hecho daño, sino que además me habían enseñado a hacerles daño a los demás. Pero el temor de enfrentarme a ese mundo que desconocía y que siempre me señalaron como prohibido se apoderó de mí.

—Eduardo, ¿cuánto tiempo después de abandonar el Opus Dei pudo tener paz?

—Es un proceso largo, Vicente. Muy largo. Pero puedo decirle que al día siguiente me sentí mucho mejor.

17

Abrí los ojos sin saber en dónde estaba, pero antes de tomarme un momento para preguntármelo, automáticamente me arrodillé y besé el suelo, como todas las mañanas en los últimos once años, para ofrecerle el día a Escrivá de Balaguer. Sólo después de haber sentido la textura de la alfombra en mis labios, en lugar de la baldosa fría a la que estaba acostumbrado, llegaron a mi memoria, como una catarata, las escenas de la víspera. Me recosté de nuevo en el sofá en el que había pasado la noche y descubrí que me faltaba una parte de la historia: ¿a qué hora salimos del restaurante?, ¿qué había pasado después?, ¿cómo habíamos llegado a la casa?

Cuando Eduardo notó que había despertado, se acercó con un par de pastillas para el dolor de cabeza y me lo explicó: se había encargado de administrarme una sobredosis de whisky para que en algún momento cayera fulminado por el alcohol y no tuviera que pasar por la tortura de un desvelo recordando amenazas, imaginando castigos y pensando si lo que estaba haciendo era lo correcto.

Detrás de mi amigo apareció Julia, la mujer de la fotografía, con un vaso de jugo de mandarina. Debía de tener unos treinta años muy bien llevados. Su presencia logró intimidarme: al fin y al cabo, la última mujer que me había visto recién levantado había sido mi madre, en la adolescencia, poco antes de que abandonara la casa para irme a vivir con la Congregación. Repasé mi cuerpo, como si acaso estuviera desnudo frente a ella, y sentí que me sonrojaba. No obstante, saqué fuerzas no sé de dónde para empezar a asumir mi decisión de la víspera e interpreté su sonrisa como una bienvenida a ese nuevo mundo en el que no estaba prohibido mirar a las mujeres a la cara.

En el Opus nos habían enseñado que mujer es sinónimo de pecado. Cuando en el periódico aparecía una modelo en traje de baño o con un pantalón apretado, arrancaban la página. El cine era un invento aún no patentado para nosotros, a menos que se tratara de películas con temas bíblicos. La televisión sólo se prendía a la hora de las noticias, y Mariano estaba pendiente de apagarla cuando anunciaban el segmento de farándula. Los días festivos y algunas noches se nos permitía ver programas de concurso o reportajes de carácter histórico; jamás una telenovela, un *reality* o cualquier programa en el que pudiera aparecer una mujer llamativa. En los años de estudio teníamos prohibido realizar trabajos con las compañeras de clase y ni siquiera nos estaba permitido hablar a solas con ciertas mujeres de nuestra familia de sangre. Las encargadas de la cocina y del aseo en las casas de la Congregación tenían una puerta de acceso independiente, y el único punto de contacto era un torno de madera en el que ellas ponían las bandejas con los alimentos y lo hacían rotar para que aparecieran, como por arte de magia, en el comedor. Cuando entraban a la zona social o a las habitaciones para realizar la limpieza hacían sonar previamente un timbre: era la señal para que todos nos encerráramos en la capilla, mientras ellas adelantaban sus labores. Al terminar, se escondían en la biblioteca, accionaban de nuevo el timbre y todos bajábamos a la sala para que ellas pudieran entrar a la capilla a barrer el piso y brillar el altar. Jamás oí sus voces ni conocí sus rostros. Jamás les vi ni siquiera la sombra en tantos años.

A Mario Vásquez, el hijo de un asesor del gobierno que cayó en las redes de la Congregación cuando estaba a punto de graduarse como sicólogo, primero le prohibieron atender mujeres en su consultorio y más tarde, cuando le informó a su confesor que estaba tratando a un paciente adicto a la pornografía, lo obligaron a abandonar la profesión. Con las numerarias el tema era aún más complejo: sólo se les permitía asistir a consulta ginecológica en casos de verdadera gravedad, y debían hacerlo con una médica del Opus Dei, en compañía de la directora de la casa en la que vivían y de la asesora espiritual. Usar pantalones estaba proscrito para ellas, pues corrían el riesgo de insinuar las formas de su cuerpo y, por lo tanto, llamar la atención de los hombres: debían llevar siempre faldas oscuras que llegaban por lo menos una cuarta debajo de la rodilla y sacos holgados que por lo general tenían un par de tallas más que sus cuerpos.

Para ellas, el hombre era el mismísimo demonio. Y, para nosotros, las descendientes de Eva habían venido al mundo para inducirnos al pecado. Por eso, encontrarme de frente con una mujer, cuando aún no me había despertado del todo, no dejaba de resultarme incómodo. Por lo menos, extraño. La presencia de Julia me produjo cierto escalofrío cuando se acercó para saludarme de beso y pude percibir su olor como una corriente de aire fresco. Supuse que Eduardo la había puesto al tanto de mi historia, pero agradecí que su mirada fuera de ternura y no de lástima. Sus ojos, de un verde curioso, parecían invitarme a que abriera muy bien los míos, a que los preparara para admirar un mundo que me había sido negado. Me gustó ver cómo abrazaba a mi amigo, con discreción y sensualidad al mismo tiempo.

Me gustó la manera como buscaba sus manos con las de ella, las tomaba con fuerza y las entrelazaba. Me bastó su visita de pocos minutos para comprender que había vida más allá de la Congregación. Y para empezar a descubrir que había sentimientos posibles por una mujer, diferentes del rechazo, del odio y del temor.

Se marchó pronto, aduciendo un compromiso familiar que no supe si era real o una simple disculpa para permitirme gozar de la compañía de Eduardo el resto del día. Cuando se despidió y volví a sentir su olor, me prometí que, independientemente de lo que ocurriera con mi vida, no me iría a la tumba sin haber recorrido al menos una vez el cuerpo de una mujer con mi nariz pegada a su piel. Un rato más tarde, bajo la ducha, dejé que el miembro creciera entre mis manos: no pensaba en Julia, sino en esa joven que algún día llamó por equivocación a la puerta de la casa para entregar un volante con publicidad, muchos años atrás, y que creía borrada para siempre de mi memoria. Antes de cerrar la llave, mis tentaciones le dieron paso a la culpa, y tuve que recurrir al agua helada para calmar los estragos del cuerpo y de la conciencia.

18

En un gesto que aprecié mucho, Eduardo me recordó que era domingo, por si acaso me interesaba ir a misa. Me confesó que él había dejado de ir hacía mucho tiempo, pero que no tendría ningún inconveniente en llevarme y esperarme en cualquier café cercano. Me resultaba un tanto extraño pensar en ir a una iglesia diferente de las de la Congregación. Recordé la sentencia de Escrivá para los que consultaban sacerdotes que no fueran del Opus Dei: «Tendrías mal espíritu, serías un desgraciado.» Y por un instante me sentí como un traidor. Pero supe que me sentiría aún peor si dejaba pasar de largo el domingo. Así que le pedí a Eduardo que me llevara a la iglesia de Usaquén, que era la que solía frecuentar en mi infancia.

Mi amigo me dejó en la puerta y me señaló el café en el que estaría esperándome. Calculé que nos volveríamos a ver en unos cuarenta minutos, pero llegué hasta su mesa en la terraza, en donde leía el periódico, antes de un cuarto de hora. Me miró extrañado y se lo expliqué con pocas palabras: «No sé qué me está pasando. No logré concentrarme. No hice otra cosa que mirar a las mujeres que me rodeaban.» Eduardo no disimuló la risa y me dijo que también eso era normal, que era la cuenta de cobro que empezaba a pasarme la abstinencia de tantos años. «Me siento como un animal», rematé. Y mi amigo me respondió que lo verdaderamente animal era ignorar que el mundo estaba poblado por hombres y por mujeres. Que lo animal era tener que recurrir a ese collar de perro para controlar el instinto. «Collar de perro», así dijo, y entonces fui yo el que sonreí mientras me llevaba una mano al muslo para presionar las cicatrices que había dejado el cilicio en mi piel y recordar el dolor.

Fuimos a almorzar a un restaurante en las afueras de Bogotá que era famoso, más que por su cocina, por la belleza de las meseras. Eduardo, que había asumido mi recuperación como una causa propia, y que trataba de evitar que yo pasara por las duras pruebas que él tuvo que soportar cuando abandonó el Opus Dei, decidió hacerme entrar en contacto con el mundo femenino. «Es mejor que se vaya acostumbrando —me dijo cuando me sorprendió mirando con desconcierto a la mujer que nos tomaba el pedido—, porque, si no, se va a enloquecer cuando llegue a Cartagena.»

Mientras nos traían la comida me contó la historia de Pinzón, un numerario que se salió de la Congregación después de casi treinta años. Era profesor de matemáticas en un colegio masculino de la secta del que, por supuesto, lo despidieron apenas comunicó su decisión de retirarse del Opus Dei. Al poco tiempo consiguió trabajo en una escuela mixta y, antes de cumplir la primera semana, fue sorprendido en un cubículo del baño de mujeres espiando a las alumnas. Eduardo me explicó que no era fácil contener el deseo al volver a la libertad, después de haberlo reprimido tanto tiempo. «Imagínese un perro al que han tenido amarrado desde chiquito y que un buen día se escapa», me dijo. Y, aunque la ilustración era suficiente, me dio más razones: me confesó que él, al regresar a la vida normal, se había aficionado a los prostíbulos durante un par de meses. «Sólo una vez le pagué a una mujer para que se acostara conmigo —me contó—, pero no había semana en que no fuera a ver cómo bailaban frente a las mesas para atraer a los clientes, cómo se desnudaban, cómo movían el cuerpo mientras jugaban con una barra instalada en la mitad del escenario. Me estaba enfermando: cada vez quería ir más a menudo... ver a las putas era como una droga.» Le pregunté si esa mujer a la que le pagó había sido la primera en su vida, y me contó que antes había existido otra.

Advertido de mi ansiedad por adentrarme en el tema, me sugirió que tratara de ir despacio con mi búsqueda, porque corría el riesgo de salir lastimado para siempre si mi primera experiencia era tan traumática como podía presumirse para alguien que aún estaba tan confundido.

Esa noche, sin embargo, no pude dejar de pensar en la joven del volante publicitario a la que me quedé mirando fijamente durante unos segundos. Ya no recordaba de qué color eran sus ojos, pero se me antojó que los tenía idénticos a los de Julia.

19

De los ojos de Julia y de la sonrisa que inventé para aquella joven que jamás se enteró de cuánto había logrado alterarme, pasé a la cintura de la mujer que me precedió en la entrada a la iglesia, al culo de la mesera que nos atendió en el restaurante, y más tarde me perdí en un escote pronunciado que desvió mi mirada hacia la mesa de al lado. Recordé el castigo severo que me impusieron cuando confesé que había permitido que mis ojos se demoraran en el rostro de una muchacha que había llamado a la puerta para entregar un volante, y cuando acepté que esa noche me había costado trabajo conciliar el sueño porque le había permitido a la imaginación inventar una conversación en la que aquella mujer me invitaba a acompañarla a una sala de cine en donde nuestras manos se habían encontrado en la oscuridad. Durante una semana tuve que renunciar a la carne en las comidas, confesarme día de por medio, usar el cilicio en doble jornada, dormir sobre las baldosas y soportar un frío que alejaba los calores de la tentación. Una experiencia muy distinta de esas torturas simplemente corporales que en ocasiones me producían una suerte de gozo —el dolor como instrumento de placer—, pero que aquella vez fue como si hubiera hecho una escala en ese infierno al que tanto le temía. Tal vez porque sentía que tan severas medidas me alejaban del todo de aquella mujer que acercó una cerilla al volcán de mi pasión, extinguido por decreto, o sencillamente porque la suma de penas era a todas luces excesiva. Cruel.

Pensé en cuál podría ser ahora mi castigo si decidiera regresar y confesar la suma de mis pecados de los últimos días, en los que me había atrevido a hurtar documentos que la Congregación protegía con celo extremo, a salir sin permiso, a pasar la noche por fuera, a poner en riesgo mi vocación, a dudar de Escrivá de Balaguer, a dirigirle la palabra a un prófugo, a asistir a lugares públicos, a fijarme en el cuerpo de unas cuantas mujeres y a recordar escenas pecaminosas que hacía mucho tiempo me habían obligado a olvidar.

Pensé que, para empezar, me pedirían que acudiera a esa confesión pública llamada *emendatio*, y ya me veía, en frente de mis hermanos, de rodillas, diciendo: «En la presencia de Dios Nuestro Señor, me acuso de...», y viendo cómo en sus caras se iban dibujando la censura y la reprobación para pedir en coro un castigo ejemplar sin necesidad de pronunciar una sola palabra. Y luego las disciplinas, para volver a abrir las heridas de mi espalda. Y el cilicio, para acabar de destrozar mis muslos. Y el agua helada en las madrugadas y las piedras en los zapatos y el ayuno de varios días y el agua bendita antes de acercarme a la cama.

Y los regaños en los que me señalarían como un mal ejemplo para mis hermanos, y que empezarían a subir de tono hasta convertirse en insultos por cuenta de ese espíritu maligno que se había apoderado de mí.

Y las amenazas: el infierno que me esperaba a la vuelta de la esquina si se me ocurría volver a escapar o a buscar a un engendro del demonio como mi amigo Eduardo. Ese infierno que no me dejaba en paz aquella noche, y al que llegué de visita de la mano de todas las mujeres en las que había puesto mi atención.

Y las maldiciones: las enfermedades que caerían como plagas sobre mi familia y sobre mí. Y la ruina. Y el fracaso profesional. Y la incapacidad de amar, porque mi corazón les pertenecía solo a Dios y a san Josemaría. Y la infelicidad, por haber buscado los placeres terrenales en lugar de esperar la recompensa que el más allá les tiene reservada a quienes perseveran.

Tantas horas duré dándole vueltas a esa decisión de abandonar el Opus que no acababa de aceptar, tantas horas estuve tratando de espantar a los fantasmas que me acosaban con sus malos presagios, que cuando logré conciliar el sueño me dolían todos los músculos del cuerpo y la cabeza parecía una olla a presión a punto de estallar.

20

Como si temiera que podía cometer alguna locura —como si temiera que, acosado por la culpa, podía contemplar la idea de regresar a la casa de la Congregación—, el lunes, antes de salir para la oficina a una reunión impostergable que le tomaría toda la mañana, Eduardo me dejó instalado frente al televisor inmenso de su habitación, me entregó un cerro de películas de esas que siempre estuvieron prohibidas para mí, y me hizo toda suerte de recomendaciones... como si fuera un niño que corría peligro más allá de la puerta.

Me propuso que nos encontráramos a las doce del día en la agencia de viajes que estaba a la vuelta de su oficina, para comprarme el tiquete a Cartagena. Me dejó plata para tomar un taxi y me dio las indicaciones para llegar como si yo jamás hubiera puesto un pie en la calle.

Sentía una gran curiosidad por *El código Da Vinci,*

pues según había leído revelaba algunos secretos del Opus Dei, así que alisté la película para verla después de ducharme. Pero, al salir del baño, mientras me vestía, del bolsillo del pantalón asomaron los papeles que había retirado del archivador de la Dirección y no resistí la tentación de volver a revisarlos. La carta de mi padre esta vez no me produjo ira, sino llanto. Con los ojos empañados repasé las recomendaciones de Arizmendi y aquel documento confidencial. Pero mientras leía esas cifras enormes que aparecían al lado de cada nombre comprendí que en ese momento no tenía cabeza más que para pensar en lo que podría esperarme en Cartagena. Me asomé a la ventana y comprobé que el cielo estaba azul como pocas veces y decidí, a pesar de las advertencias de mi amigo, caminar por ahí, sin rumbo definido, hasta que el reloj me obligara a dirigirme hacia la agencia para empezar a hacer realidad mi sueño urgente de reencontrarme con mi papá.

Cuando salí eran las nueve, y pensé que, de no haber escapado de la secta, a esa hora debería estar en la biblioteca alimentando el archivo de escritos de Escrivá de Balaguer, clasificándolos por tema y por fecha, y realizando un pequeño resumen de cada uno. Había dejado inconclusa la tarea. Una tarea que asumí con toda la entrega, a pesar de que no la disfrutaba tanto como otras que tuve en el Opus y por las que llegué a sentir verdadera pasión, como organizar campamentos para los aspirantes, dictarles charlas a los recién llegados o reunir testimonios sobre conversiones milagrosas. En todo caso, me resultaba menos molesta que la de buscar donaciones entre las viudas y los millonarios.

Mientras avanzaba por los caminos del parque del Virrey, me pregunté qué habría sucedido en la casa por cuenta de mi salida: a quién habían llamado, en dónde me habían buscado. Si eran conscientes de que había escapado, o acaso alguno de mis hermanos pensaba que había desaparecido en contra de mi voluntad: enajenado por cuenta de las pastillas del doctor Arizmendi, tal vez había perdido la conciencia y ahora andaba recluido a la fuerza en algún centro para enfermos mentales. ¿Me habrían buscado en los hospitales y en las estaciones de policía? ¿Habría ido Mariano hasta la morgue para tratar de reconocerme entre los cadáveres sin dueño de los últimos días?

Me senté a la sombra de un urapán inmenso y empecé a llorar, mientras en la banca de al lado una pareja de jóvenes se besaba sin pausa. La culpa volvió: pensé que estaba haciendo las cosas de la manera equivocada, que al menos debería hacer una llamada para tranquilizarlos. Los imaginé preocupados, barajando opciones para tratar de adivinar qué habría sucedido conmigo. Cerré los ojos y los vi reunidos en la capilla, rogándole a Dios para que nada malo me hubiera sucedido. Me levanté como un resorte y me dirigí a la casa. Como los asesinos, quería regresar a la escena del crimen. No sabía lo que haría cuando estuviera en frente, pero necesitaba ver las cuatro paredes de ese lugar en el que había pasado mis últimos años.

Me detuve en la avenida, mientras esperaba el cambio del semáforo. Del otro lado, una mujer entrada en años se quedó mirándome fijamente. Cuando nos cruzamos, en medio de la calle, y sentí que sus ojos me perforaban, pensé que quizás me habría reconocido de algún cartel como los que pegan en los postes cuando se pierde un perro o de un anuncio como los que publican en las cajas de leche para denunciar la desaparición de un niño o de un anciano. En la siguiente esquina un vendedor ambulante se acercó para ofrecerme discos piratas de Shakira. Cuando se paró frente a mí, tratando de impedir que siguiera mi camino y me fijara en los productos que ofrecía, me aseguró que él me había visto antes. Lo esquivé a la fuerza y aceleré el paso. Agaché la cabeza para evitar que la escena se repitiera y de repente creí ver en los pies de un hombre los zapatos de Javier. Sentí que se me helaba la sangre: el director me agarraría de la oreja, como a un niño que se ha empeñado en desobedecer las órdenes, y me llevaría de vuelta a la casa para darme un castigo ejemplar. Levanté la mirada y, cuando estaba a punto de entregarme, comprobé que se trataba de otra persona, que me miró con una mezcla de temor y de lástima, como si acabara de tropezar con un loco.

Me quedé anclado en aquel lugar y, cuando quise seguir, sentí que había perdido las fuerzas. Empecé a respirar con dificultad y apenas tuve alientos para entrar a una cafetería que estaba a pocos pasos. Me senté en la primera silla que encontré libre y esperé un buen rato antes de pedir un café. Con el último sorbo, un poco más calmado, tuve una imagen muy distinta de aquella de mis hermanos acongojados rogando por mi bienestar: los vi reunidos en torno al padre Julián, quien les estaría recordando que aquel que cruzaba la puerta de salida de la Congregación tenía garantizado un lugar en el infierno. Y les diría que ya ni siquiera valía la pena pedir a Dios por mi alma, porque nuestro padre, que estaba sentado a su derecha en el trono celestial, se encargaría de impedir mi redención, que yo no era más que un instrumento del que se había valido el Señor para mostrarles cuál era el camino equivocado, que sólo podría esperar el sufrimiento. Y, para demostrarlo, seguramente remataría su discurso contándoles que la víspera, apenas la víspera, le habían descubierto a mi papá una enfermedad mortal, que el castigo había comenzado y que yo era el único culpable.

Cuando miré el reloj faltaba no más que un cuarto para las doce. Tomé el primer taxi que pasó, sin fijarme si tenía las marcas de seguridad que me había dicho Eduardo, y cuando llegué a la agencia, con un leve retraso, noté en mi amigo una cara de evidente preocupación.

Diez minutos después me entregaron el tiquete que dos días más tarde me permitiría reunirme con mi papá después de tantos años. Cuando lo tuve en mis manos miré a mi amigo con vergüenza y no pude evitar que se me empañaran los ojos. Me sentía como un niño indefenso al que había que solucionarle todo en la vida, desde un cepillo de dientes hasta un par de mudas de ropa. Un niño al que tenían que llevar de aquí para allá, al que había que advertirle los peligros del mundo que estaba conociendo, prestarle el hombro para que llorara e inyectarle ánimo dos o tres veces al día para que no desfalleciera.

21

El martes en la noche, cuando íbamos al apartamento de Julia para una cena que me había orga-
nizado como despedida, le pedí a Eduardo que se
desviara de la ruta y me llevara a la casa de la Congregación. «Sólo de paso, sólo quiero verla», le acla-
ré cuando me miró con evidente sorpresa, como si
de verdad hubiera enloquecido. Nos estacionamos
en la esquina y estuvimos espiando unos cuantos
minutos, hasta que advertimos algún movimiento.
Era el padre Gregorio, que llegaba en una camioneta Fiat de color amarillo. Sin apagar el carro, hizo
cambio de luces un par de veces, a manera de señal
que entendió Miguel desde la ventana. Se trataba
de un joven apuesto de origen italiano que hacía
pocos meses había ingresado al Opus. Bajó de prisa
y se subió a la camioneta de aquel cura entrado en
años al que yo conocía bastante bien. Cuando la camioneta desapareció al final de la calle, como si hu-

biera encendido una cerilla en la oscuridad de mi cerebro, me trajo a la memoria un episodio que hacía muchos años no recordaba.

Eduardo advirtió mi conmoción, pero imaginó que se trataba de una reacción normal por haber estado a tan pocos pasos de la que había sido mi casa hasta unos días atrás. Pero al final de la cena, cuando pasamos a la sala para tomar el café, le pedí a Julia que me sirviera un brandy, pues necesitaba fuerzas para contarles una historia que, sin duda, alejaría de mí cualquier tentación de regresar a los dominios de la secta.

Tenía dieciséis años recién cumplidos. Según las normas, no podía vivir en una casa de la Congregación hasta que hubiera llegado a los dieciocho: habían adoptado esta medida a raíz de una serie de demandas que tuvieron que afrontar por involucrar a menores de edad en sus actividades. No era que hubieran dejado de hacerlo, entre otras cosas porque tenían la certeza de que mientras más jóvenes éramos más maleables, pero al menos tomaron la precaución de no llevarnos a vivir a sus casas hasta que hubiéramos estrenado la mayoría de edad. Por eso, también, nos insistían tanto en que mantuviéramos a nuestras familias al margen de las labores que allí realizábamos y de las conversaciones que sosteníamos, a menos que se tratara de las actividades de fachada —los campeonatos de fútbol, las veladas musicales, los paseos a la montaña— con las que ocultaban sus verdaderos propósitos.

En esa época, como todavía iba al colegio, mi vida en comunidad comenzaba al terminar las clases. Llegaba a eso de las tres de la tarde a una casa de la Congregación que habían bautizado Club Juvenil Alfa y las horas se me iban entre meditaciones, charlas espirituales y el trabajo de pesca con los aspirantes hasta las siete u ocho de la noche.

Eran los primeros días de diciembre y acababa de salir a vacaciones de fin de año. Como no tenía que ir al colegio, tenía todo el tiempo para el Opus, y allí se encargaban de mantenerme bien ocupado para evitar que participara en las actividades comunes y corrientes de un muchacho de mi edad, y a lo mejor pudiera antojarme de ese otro mundo que a ellos les resultaba vacío y pecaminoso. Una noche, cuando estaba a punto de regresar a la casa de mi familia, llegó al Alfa el padre Gregorio, uno de los miembros más antiguos de la Congregación y por quien nos exigían más respeto. Me sugirió que me quedara a una charla que iba a dirigir al terminar la cena, y entendí que aquella sugerencia era poco menos que una orden.

En aquella tertulia en la que nos reveló, como si se tratara de un relato mitológico, las duras pruebas que tuvo que vivir Escrivá para sacar adelante su obra de apostolado, el cura no dejó de mirarme. Al terminar se me acercó y me pidió que lo acompaña-ra al día siguiente hasta Sopó, una población en las afueras de Bogotá en donde tenía que oficiar una misa para una comunidad de artesanos. Sentí un miedo espantoso: no era que hubiera adivinado en su manera de mirarme alguna intención oculta, sino que desde niño solía marearme en los paseos en carro y temía cometer alguna imprudencia en presencia de ese personaje que tanto me intimi-daba.

A la mañana siguiente, aunque traté de conven-cer a mi mamá de que no tenía hambre, ella se en-cargó de prepararme un desayuno abundante que no pude rechazar. Le había mentido, asegurándole que se trataba de un paseo con varios de mis amigos para jugar un pequeño campeonato de fútbol, y ella insistió en que con mayor razón debía alimentarme bien, pues iba a tener un gran desgaste de energía, y además en esos viajes uno nunca sabía a qué horas volvería a probar bocado. De manera que llegué al Alfa poco antes de las ocho de la mañana, puntual para mi cita con el padre Gregorio, con la panza a punto de estallar luego de la sobredosis de jugo, cal-do, huevos, arepa y queso.

No habíamos salido aún de Bogotá cuando sentí por primera vez que mi estómago se estremecía con violencia. Mientras trataba de responder de manera coherente las avemarías del rosario, una desagradable mezcla de caldo y jugo empezó a ascender por mi esófago y a amenazar con convertirse en vómito. El padre Gregorio, que se había mostrado desde el comienzo del viaje cariñoso en extremo, me preguntó si me sentía bien y yo le respondí afirmativamente, mientras rogaba que el recorrido terminara pronto antes de que ocurriera lo que tanto temía. Pero unas cuantas curvas más adelante sucedió lo inevitable. No alcancé a pedirle al sacerdote que se detuviera un instante a la vera del camino cuando salió la primera bocanada de aquella masa nauseabunda que cubrió buena parte de mi ropa y salpicó el vidrio panorámico de la camioneta y la puerta que no alcancé a abrir para evitar la tragedia.

Pensé que el insulto era inminente, y tras éste, el castigo, pero el padre Gregorio se mostró tolerante y compasivo. Se detuvo en un escampado, sacó de la bodega una caja de pañuelos faciales y destapó una botella de agua que iba por la mitad. Yo estaba mudo, inmóvil, dominado por el pánico, cuando sentí que el padre comenzaba a limpiarme, primero la camisa y luego el pantalón, hasta que sus manos se detuvieron sobre mi miembro, que andaba tan asustado como yo. Cambió de pañuelo y me frotó con fuerza entre las piernas, de manera repetida, mientras pronunciaba palabras incomprensibles. Cada vez se acercaba más, hasta que su cuerpo estuvo casi todo encima del mío. Supuse que era mi castigo y no fui capaz de retirarlo ni de pedirle que se detuviera. En un momento, incómodo por la incapacidad de trasladarse del todo a mi silla, soltó una injuria que repitió varias veces, hasta que se devolvió a su puesto, me agarró con fuerza la mano derecha y la presionó sobre la tela delgada de la sotana sobre su verga, y movió su mano sobre la mía al tiempo que decía «acuérdate que eres polvo y en polvo te convertirás...», hasta que sentí que ahora era su miembro el que vomitaba.

Se quedó quieto durante unos segundos, con los ojos perdidos en algún punto del paisaje, hasta que se incorporó y volteó su cara hacia mí, totalmente transformada. Su bondad le había dado paso a una ira profunda. Me gritó que era un imbécil, que el vómito era una señal del demonio, que tenía que pedirle perdón a Dios por semejante atrevimiento. Y luego, más calmado, me dijo que mi penitencia era el silencio y el olvido, que nada de cuanto estaba imaginando había sucedido en la realidad.

22

Cuando terminé mi relato, llevaba tres copas de un maravilloso brandy de jerez que le había traído a Julia un amigo directamente desde Andalucía. El silencio reinó unos cuantos segundos, hasta que la mirada de asombro de la novia de mi amigo se convirtió en palabras: «Cada vez me sorprende más que unos tipos inteligentes, como ustedes, hayan permitido tantas vejaciones.» Y, punto seguido, quizás más aterrada que antes, le preguntó a Eduardo si también a él lo habían manoseado. Y él, con las mismas palabras, le respondió que le habían manoseado el cerebro, el corazón y la voluntad, pero que, por fortuna, nada había sucedido del ombligo para abajo. «Aunque creo que es un milagro que después de tantas taras, aquello me siga funcionando bien —remató, y se permitió un toque de humor, en buena hora, para que la conversación cambiara de rumbo—: Porque la verdad es que funciona de maravilla, ¿cierto, Julia?»

Eduardo propuso un brindis: «¡Por la absolución!» Y Julia buscó la cámara para dejar un testimonio de aquella noche liberatoria. Antes del clic me preguntó si también nos habían dicho que las fotografías les robaban el alma a las personas, y la carcajada que no pudimos contener quedó registrada en la primera toma de una larga serie. Ha transcurrido mucho tiempo desde aquella velada que ahora, al pasar las hojas del álbum, recuerdo como una de las más importantes de mi historia.

Esa noche nos reímos de lo que hasta unos días atrás habría sido impensable. De cómo en el Opus celebraban cualquier evento de la vida de Escrivá de Balaguer que les resultara significativo... y, como dijo Eduardo, todo les parecía relevante: recordaban incluso la primera vez que se puso pantalones largos o el día que se le atascó la sotana en una enredadera y él lo interpretó como una señal de que era el elegido. Nos reímos de los retratos de sus padres y de sus hermanas, que adornaban todas las casas de la Congregación, como si fueran nuestros propios abuelos y nuestras propias tías. Del título nobiliario que compró con la complicidad de Franco, al tiempo que hablaba de sencillez y de pobreza. De la vez que se enloqueció, mientras iba en un tranvía por las calles de Madrid, y comenzó a gritarles a los pasajeros porque estaba seguro de que había tenido una iluminación divina.

También nos reímos de los miembros de la Congregación que, por tratar de parecerse a Escrivá, usaban colonia Atkinson, y de la pinta a la que casi todos terminábamos recurriendo, convencidos de que así pasaríamos por el mundo como gente común y corriente: pantalón gris y chaleco de lana azul o saco de rombos. Llegados a ese punto, Julia no paraba de reír. Me hizo caer en la cuenta de que también yo debía incluirme en la lista de los uniformados por «vuestro padre» —así dijo—, pues esa noche llevaba el mismo saco del día en que escapé: fondo azul oscuro y rombos vinotinto. Y ni siquiera me había percatado. Pero más risa le dio cuando le pedí unas tijeras y lo reduje a retazos, mientras le aseguraba que al día siguiente buscaría la pantaloneta de baño más atrevida para exhibirla en las playas de Cartagena.

Ahora me parecen chistes que no habrían hecho reír a ningún individuo normal, de no ser por la ayuda del brandy y la necesidad que tenía de desahogarme.

Julia y Eduardo fueron los ángeles que me ayudaron a aterrizar, sin mayores contratiempos, en un mundo del que sabía muy poco y que no dejaba de sorprenderme a cada paso. Antes de despedirme me quedé mirándola y le dije que ojalá me encontrara en el camino a una mujer como ella. Y recuerdo que esa noche, cuando apareció de nuevo en mis sueños, la vi como esa hermana que nunca tuve. O, tal vez, como la madre a la que no pude disfrutar en sus últimos años, por haber creído y aceptado que mi verdadera familia era la que me había enseñado a golpearme con el látigo, la que me obligaba a tomar pastillas que nublaban mi razón, la que me escondía las cartas de mi padre agonizante.

23

Cuando empecé a descender la escalerilla del avión, y la humedad tocó mi piel y el olor del mar me atacó de frente, la infancia se me vino encima como una ráfaga de recuerdos desordenados. Alcancé a ver a los abuelos, uno al lado del otro, en las mecedoras al fondo del largo pasillo que llevaba al cuarto de los trastos viejos. A Dominga, de blanco impecable, cuando se asomaba a la puerta de la cocina para avisarnos que el almuerzo estaba listo. Al primo Daniel, intentando escalar el palo de mango en medio del patio. Vi el estudio desordenado de mi padre con lienzos colgados en todas las paredes. Oí a las mariamulatas rezongando desde el tejado, pendientes de los trozos de papaya que servían al desayuno para bajar a picotearlos al menor descuido. La boca se me hizo agua cuando recordé el sabor del jugo de corozo que nos servían en jarras enormes cuando regresábamos de la playa.

Le pedí al taxista que me dejara en la plaza de San Diego; al fin y al cabo, no llevaba más equipaje que un morral liviano, y quería caminar la última cuadra larga antes de reencontrarme con mi padre en la casa que heredó en la calle Tumbamuertos, y adonde se fue a vivir definitivamente cuando murió mi madre. Hacía más de doce años que yo no viajaba a Cartagena. Las cafeterías de pueblo de aquella plaza le habían dado paso a restaurantes modernos de nombres rimbombantes. El edificio imponente que alguna vez fue convento y más tarde hospital se había convertido en un hotel elegante en el que se pagaba por una noche dos o tres veces el salario del hombre que daba la bienvenida en la puerta y ayudaba a cargar las maletas. Sólo había sobrevivido la tienda vieja de la esquina, decorada con los arrumes de cajas de gaseosa, los anaqueles atiborrados de botellas de ron y uno que otro calendario con mujeres en traje de baño que promovían la venta de cerveza. No recordé el nombre del paisa con bigote de charro mexicano que siempre nos hacía bromas cuando íbamos por un helado o uno de aquellos refrescos que venían en bolsas plásticas. Me asomé a la puerta con la intención de verlo detrás del mostrador y esperar que me preguntara si quería un ron para niños, que era como les decía a esas bebidas de colores eléctricos, pero en su lugar estaba un joven que bien podría ser su hijo y que ni siquiera levantó la cabeza del cuaderno en el que llevaba las cuentas cuando me preguntó qué se me ofrecía.

Seguí de largo, a paso lento, cada vez más lento, porque en esa mezcla de sentimientos que me despertaba el reencuentro con mi padre quizás el que más pesaba era el temor de enfrentarme a un ser aniquilado por la enfermedad. O tal vez era la angustia de encontrar a una persona muy distinta de aquella que hacía tanto tiempo había dejado de tratar, a un ser que quizás habría endurecido su corazón por la soledad en que yo suponía que lo habían dejado las muertes cercanas y el rechazo de su único hijo. Un ser que posiblemente albergaba rencores conmigo, en quien sería apenas natural que no pudiera o no quisiera volver a confiar jamás.

Pero, más allá del pequeño local en el que todavía funcionaba una venta de artesanías de una pareja de argentinos que había recorrido medio mundo hasta decidir que era en Cartagena en donde quería echar raíces, no encontré más disculpas para demorar mi llegada a casa. Las manos empezaron a sudarme cuando me enfrenté al balcón al que solía asomarse mi abuela para llamar, muy de mañana, a los vendedores que recorrían la ciudad vieja anunciando la pesca del día. A los lados, las paredes estaban ahora cubiertas con una enredadera de un verde profundo y pequeñas flores moradas. El portón de maderas gruesas seguía siendo el mismo. El corazón golpeaba fuerte contra mi pecho, como si se tratara de la aldaba de hierro forjado que esperé unos segundos para hacer sonar y anunciarme.

24

Aunque no recordaba haberla visto antes, la mujer que abrió la puerta me saludó por mi nombre, me dio la bienvenida y me dijo que mi papá me estaba esperando en la biblioteca, como si tuviéramos una cita acordada. Luego supe que desde que recibió mi llamada, el mismo día que abandoné el Opus Dei, estuvo pendiente de mi llegada. Se afeitó de nuevo luego de varias semanas de no hacerlo, mandó comprar un par de guayaberas, volvió a ponerse agua de colonia todas las mañanas, fue más tolerante con la comida, y todos los días aseguraba sentirse mejor. Aun así, cuando lo vi desde lejos, acomodado en su silla de lectura, sentí que estaba ante un hombre disminuido y, de no ser por la sonrisa que iluminó su cara, entregado ya a la muerte.

A pesar de que apenas superaba los sesenta años, daba la impresión de una persona con muchas más vueltas en el calendario. La piel de los pómulos le forraba los huesos, y la del cuello, en cambio, le sobraba y caía como la de un pavo. Su color era verdoso, más que pálido, y los ojos parecían salir del fondo de un túnel: habían perdido ese brillo que mi madre celebraba con tanta frecuencia.

Tenía un bastón al lado, pero se levantó sin su ayuda y sólo alcanzó a dar un par de pasos cuando llegué hasta él y lo abracé. No supe cuál de los dos apretaba al otro con más fuerza. Nos quedamos así unos cuantos segundos: no hizo falta oír sus sollozos para que mis lágrimas también aparecieran. De repente me tomó por los hombros y me retiró hasta donde se lo permitían sus brazos, me miró como quien revisa la calidad de una piedra preciosa, y por un momento, mientras yo callaba, repitió varias veces la misma palabra: «Hijo, hijo, hijo...» Luego me aseguró que se sentía el hombre más afortunado del mundo, que si yo pudiera mirar dentro de él y contemplar su corazón, no se me ocurriría fijarme en su piel amarillenta ni en sus carnes flácidas. «Al fin y al cabo, qué importa el cuerpo —dijo, y tomó fuerzas para la sentencia final—: Lo esencial es invisible a los ojos.» Aunque había tratado de contenerme, en ese instante me vi de nuevo con tres o cuatros años, sentado sobre sus rodillas, mientras me leía *El Principito*, y me ataqué a llorar, aferrado a él.

Con un llanto mucho más discreto que el mío, primero me agarró la cabeza y luego me dio palmadas en la espalda. Era evidente que también yo necesitaba consuelo. En medio de la conmoción que me produjo verlo tan disminuido, en medio de la marea de recuerdos, brotó el arrepentimiento por los años de ausencia y se convirtió en un dolor que se salió del alma y empezó a endurecerme los músculos. Cuando logré calmarme un poco me insinuó que me sentara. Se retiró en silencio hacia el mueble tapizado de discos, buscó a Lecuona, lo hizo sonar y me dijo que en los últimos meses su piano se había convertido en un paliativo. Que cuando el dolor aparecía con furia o cuando el ánimo se le iba al piso, la música del cubano era uno de los remedios más eficaces: «No me cura, pero me distrae de una manera hermosa.»

Casi no habíamos hablado, pero entendí que la cercanía de la muerte le había sacado punta a su sensibilidad y a su inteligencia. Todo cuanto decía me resultaba construido de la manera más bella y precisa, y me daba la impresión de que sus palabras reflejaban la calma. Pensé que, contrariamente a lo que había creído hasta muy poco tiempo atrás, en momentos como el que atravesaba mi papá la única fuente de sosiego no era Dios. De hecho, él le había sacado el cuerpo a la religión desde muy temprano, y ésa había sido, precisamente, una de las principales razones de nuestro distanciamiento. Y, si debo ser justo, no porque él no respetara mi forma de vida, aunque jamás la compartió, sino porque en aquella época yo no lograba aceptar que existían otros caminos. Para mí no era más que un pecador, una mala influencia, un hombre que había decidido labrar su propio camino hacia el infierno: un hombre, por lo tanto, indeseable. Un ser del que había que alejarse sin miramientos. Al que había que olvidar. Sepultar en vida.

25
—

«Vamos a recorrer la casa de los abuelos —me dijo,
buscó el bastón y se paró al lado de la puerta a esperarme—. Vamos a ver tu cuarto, vamos a buscar recuerdos», remató, mientras yo continuaba con ese
viaje a la infancia que había iniciado en el aeropuerto. Pasamos de largo frente a la cocina, donde Carmen, la mujer que me había dado la bienvenida, pe-
laba una buena cantidad de langostinos y mantenía
a fuego lento un caldo que despedía un aroma en el
que creí adivinar el laurel y el tomillo. A solicitud de
mi papá, fuimos directamente al segundo piso. Se
adelantó unos pasos cuando llegamos a la que había
sido la habitación de los primos, donde un par de
camarotes nos albergaban durante las vacaciones a
los hijos de Carlos y a mí. Cuando abrió la puerta
encontré un cuarto renovado, con una sola cama y
una colección de fotografías en la pared: la que primero llamó mi atención fue una imagen en blanco

y negro con el mar al fondo, en la que yo, con poco más de dos años, aparecía tendido sobre la espalda de mi padre, que estaba tirado en la arena. Busqué su mano, sin mirarlo, y se la apreté mientras seguía encontrando escenas llenas de nostalgia en aquel cuarto que tantas veces convertimos con Daniel en una fortaleza inexpugnable, inspirados en las historias que nos contaban los guías del castillo de San Felipe de Barajas. Dejé allí el maletín con el par de mudas que me había comprado Eduardo y con aquellas hojas dobladas y arrugadas, pero cargadas de secretos, que me acompañaban desde que escapé de la Congregación; entre ellas, la carta de quien ahora me guiaba en un recorrido que alborotaba mis sentimientos a cada paso.

La habitación de mi padre seguía siendo la que ocupaba en vida de mis abuelos, y la de ellos, que tenía una vista privilegiada sobre los tejados de la ciudad vieja, detrás de los cuales se insinuaba el mar, la había convertido en su estudio. «Aquí también tengo a Lecuona, a Lara y a Calvo, que suelen acompañarme cuando pinto.» Había en la pared unos cuantos paisajes marinos sin terminar, y en el centro del salón, sobre un caballete, un lienzo en blanco. Cuando terminé de curiosear en el arrume de pinturas y de bocetos, me dijo que esa tela esperaba por mí. «La última vez que te pinté debías de tener doce o trece años. Ya es hora de que el pincel nos diga qué tanto te pareces a ese joven que alguna vez también quiso ser pintor.»

Antes de salir del estudio me dijo que esperaba que hubiera tiempo para mi retrato, y no supe si lo decía por su sentencia de muerte o ante la duda de cuánto tiempo pensaba yo permanecer a su lado. Todavía no le había comunicado mis planes, pero ya había decidido estar junto a él hasta el instante final. Aunque ya no podía pasar mucho tiempo de pie frente al caballete, había reservado fuerzas suficientes para el que sería su último cuadro. Con él cerraría esa puerta que tanto trabajo le costó abrir, cuando muchos entendieron su vocación como un simple capricho.

26

Al día siguiente, mi papá me propuso que fuéramos a caminar por la orilla del mar antes de iniciar la primera sesión de pintura. Antes de sentarme frente a él, casi inmóvil, sin más oficio que el de mirarlo. Sin más actividad que la de contemplar a ese hombre que ahora, otra vez, lograba emocionarme y despertaba mi admiración, como cuando me hablaba de picaflores y de tiburones mientras los iba dibujando en aquel cuaderno enorme en el que me estaba permitido probar suerte con las crayolas.

Caminamos por Tumbamuertos, muy despacio, hasta llegar a la muralla desde la cual, antes de verlo, alcanzábamos a oír el mar, que golpeaba con fuerza sobre los rompeolas. Nos detuvimos en una frutería de la plaza de las Bóvedas para que mi viejo pudiera tomar un segundo aire. Me emocioné cuando descubrí los nísperos y los zapotes en las canastas que colgaban sobre el mostrador y que le daban al lugar un evidente tono tropical. Bebí en pocos sorbos un vaso de jugo de carambolo y naranja, a pesar de que apenas una hora atrás había desayunado con sobredosis de arepas de huevo y carimañolas. Cruzamos la avenida que separa el mar de la ciudad amurallada y caminamos sobre la arena hasta que las olas empezaron a mojarnos los pies. Avanzamos en dirección a Bocagrande por esa línea imperfecta que separa la tierra del océano, hasta que mi papá no resistió más y me pidió que nos sentáramos en una de las piedras enormes del malecón. El sonido de las olas cuando reventaban en la orilla invitaba al silencio, y así permanecimos un buen rato, callados, mientras yo garabateaba con los pies descalzos sobre la arena húmeda.

No sé cuánto tiempo había pasado cuando mi padre descubrió la herida que rodeaba uno de mis muslos, unos centímetros abajo de la pantaloneta. Primero pensó que se trataba de un tatuaje, y se disculpó por su curiosidad antes de preguntarme en qué estaba inspirado. Pero yo no había alcanzado a responder cuando en su cara se dibujó una señal de alarma al comprobar la presencia de diminutas costras y pequeños morados que se sumaban para darle forma a aquella marca. Volvió sus ojos al mar, tal vez porque había empezado a sospechar la causa verdadera de esa especie de llaga que llevaba impresa en mi cuerpo, y en ese instante decidí no sólo que le contaría toda la verdad sobre esa extraña vida que había llevado desde que me alejé de él y de mi mamá, sino que además resolví que aprovecharía su inteligencia y esa envidiable claridad para entender el mundo que había ganado con la cercanía de la muerte para apoyarme en él y cerrar de la mejor manera ese ciclo de mi existencia.

Cuando iba a empezar mi relato, me reafirmó su propósito de no entrometerse en mi vida privada y, mucho menos, juzgar mis decisiones y mis actos. «El hecho de que no comparta la forma de ver el mundo ni de llevar la vida de quienes te enseñaron el camino que decidiste recorrer no significa que pretenda que te adhieras a mis convicciones —me dijo mientras se levantaba—. Eres dueño de tus palabras. Y, sobre todo, eres dueño de tu silencio. Adminístralo a tu antojo.»

Mientras regresábamos a casa, le expliqué que llevaba muchos años comiéndome mis palabras, que tenía la cabeza llena de confusión y de malos recuerdos, que había llegado el momento de la redención. Le dije que su despedida de este mundo coincidía con mi renacimiento, y le pedí que abriera muy bien sus oídos y que no callara ninguno de sus pensamientos, porque necesitaba sus palabras más que nunca. «No soy yo quien vengo a acompañarte en tus últimos días, sino que eres tú quien deberá alistarme para una nueva vida.»

27
—

Le sugerí a mi papá que dejáramos la primera sesión del retrato para esa tarde o para la mañana siguiente, porque no quería aplazar mi narración.
Abrimos una botella de albariño, previa advertencia
de mi viejo de que le habían prohibido el alcohol, y
nos servimos dos copas generosas. «Si al fin y al
cabo estoy condenado a muerte —me dijo—, al menos tengo el derecho a morir contento. Sobre todo
ahora que hay motivos para celebrar.» Le pedí que
pusiera a Lecuona y nos sentamos en el patio de entrada, él en una de las mecedoras de los abuelos, y
yo, en una hamaca guajira, frente a él. Le dije que
revelarle ese episodio de mi pasado era una de las
tareas más difíciles que había emprendido en la
vida, y le advertí que para él no sería menos impre-
sionante oírla. Sobre todo porque buena parte de
los sucesos que le contaría habían ocurrido cuando
aún vivía a su lado, cuando él supuestamente sabía,

o creía saber, casi todo cuanto a mí me pasaba... sin sospechar que me habían obligado a mantener en secreto sus órdenes, a guardar silencio frente a mi familia de sangre, con la amenaza de acercarme al infierno si lo hacía.

Sin más preámbulos, empecé a hablar, con evidente temblor en la voz:

«Acababa de cumplir quince años. ¡Quince! Hacía cuatro o cinco meses había aceptado ser miembro del Opus Dei. No sabía muy bien lo que eso significaba, pero me había sentido atraído por esa forma de vida en grupo, esa especie de clan, esa supuesta camaradería... Tal vez algo parecido a lo que viviste en tus tiempos de pintor bohemio en La Candelaria... Pensaba que era algo así. Al fin y al cabo, hasta entonces pesaban más los momentos divertidos, los paseos a la laguna de Tominé, los campeonatos de fútbol, las tardes de guitarra. Así había empezado todo. Luego me fueron metiendo lo otro en pequeñas dosis: los ratos de oración, las charlas sobre la pureza de la Virgen María o la fuerza del Espíritu Santo, los relatos casi pastoriles sobre los milagros que se podían lograr simplemente con ser amigo incondicional de Dios... De vez en cuando íbamos a misa antes de salir a una excursión o rezábamos el rosario en el viaje de vuelta, luego de cantar y de contar chistes. Todo parecía más o menos normal. Pensaba que rezar un poco no estaba mal.

Por eso, cuando un día me preguntaron si quería entrar a la Congregación dije que sí. Pero después fue que me empezaron a revelar la verdadera esencia del Opus Dei y me fueron informando sobre las normas que debía cumplir. Todo lo hacían de una manera calculada. Poco a poco me iban cubriendo con una telaraña de la que era imposible escapar. La primera sorpresa fue cuando supe que tenía que renunciar a las mujeres. Y, por lo tanto, a enamorarme, a formar una familia, a tener hijos. Pero para entonces ya me había convencido de que Escrivá de Balaguer era un santo, un héroe, un ser iluminado que llevaba consigo la antorcha de la verdad. Y como Escrivá decía que el matrimonio era para la tropa, y el celibato, para el estado mayor de Cristo, me lo creí, como me fui creyendo todo lo que me decían, porque estaba convencido de que al seguir sus normas me estaba acercando al cielo, que para entonces ya consideraba que era la única razón por la que valía la pena vivir. Que todos los sacrificios se justificaban por esa causa. Que sería premiado al morir. Asimismo, estaba seguro de que si me alejaba de los preceptos de la Congregación, sólo podía esperar el fuego eterno.

»Podrá resultarte risible, pero me habían lavado el cerebro de tal manera que en esa época me producía pánico la idea de irme para el infierno. Y la verdad, papá, es que todavía me asalta ese temor.

Por eso necesito que me hables sin consideraciones, porque aún no estoy seguro de que lo que estoy haciendo no me vaya a merecer el peor de los castigos. Y lo que estoy haciendo, ya lo habrás deducido, es renunciar al Opus Dei.»

No fue risa, sin embargo, lo que despertó en mi padre mi relato, sino una conmoción que no pudo evitar convertir en lágrimas. Cuando hice una pausa para servir más vino, se levantó y me estrechó entre sus brazos sin pronunciar palabra. Cuando volvió a sentarse noté que de nuevo se fijaba en esa marca de sangres viejas que llevaba en el muslo, y apenas en ese instante comprendí que me había desviado del propósito inicial del relato. Así que retomé el hilo:

«Te decía que habían pasado no más de cinco meses cuando me llevé otra sorpresa mayúscula. Mariano, que era mi director espiritual, es decir, una especie de tutor encargado de hacerme engranar en la maquinaria de la Congregación y de vigilar que cumpliera con todas las órdenes que me impartían, me llevó un día a su despacho y cerró la puerta. Me hizo sentar muy cerca de él y me explicó que a nuestro padre —que es como debíamos llamar a Escrivá— le dolía mucho la maldad del mundo y que en un acto de profundo amor nos había enseñado a pedir perdón por los pecados propios y también por los pecados de los demás. Que la ora-

ción era muy valiosa pero no era suficiente para de-
mostrar el arrepentimiento, y que por eso en el
Opus Dei existía la bella tradición de castigar el
cuerpo para ofrecer cada día un pequeño sufrimiento a Dios. Y, mientras yo trataba de adivinar
cuál sería aquella pequeña ofrenda, mientras pensaba que tal vez me sugerirían rechazar el postre un
par de días a la semana o caminar de vez en cuando
en lugar de tomar un bus, Mariano sacó lentamente
de una bolsa negra una especie de collar de perro
que no entendí la función que podría cumplir. Era
como un brazalete de metal con decenas de pequeños clavos que apuntaban hacia adentro. Me lo ex-
tendió y me dijo que era un regalo que me hacía la
Obra... la Obra, así llamaban a la Congregación...,
un regalo para que también yo pudiera acceder al
perdón de Dios. Un regalo que debía usar todos los
días, durante dos horas, atado a uno de los muslos
lo más apretado posible. Mariano sonrió con un
dejo de bondad que no olvidaré, y me explicó con
una suerte de mímica la manera como debía ponér-
melo. Luego se puso de pie, me dijo que debía comenzar a utilizarlo ese mismo día y se retiró. Me
quedé un buen rato allí sentado, deslizando las ye-
mas de los dedos sobre las púas, sintiendo cómo herían la piel y tratando de convencerme a mí mismo
de lo abominable de mis pecados, como una manera de tomar impulso para llegar hasta el baño, des-

nudarme y estrenar aquella máquina del dolor que se llama cilicio. Aquel mecanismo de tortura que luego supe que en realidad nos obligaban a usar para inhibir el deseo sexual. O para remplazarlo.»

Mientras servía el resto del vino en las copas, rematé: «Ahora puedes entender de dónde salió esta llaga... Ahora puedes imaginar las heridas que llevo en el corazón.»

28

En la Congregación casi nada ocurría por obra del azar. Por eso, me costó trabajo asumir como una simple casualidad el encuentro que tuve justo al día siguiente de aquella dolorosa confesión que le hice a mi papá.

Cruzaba la plaza de Bolívar, de espaldas al palacio de la Inquisición, camino a casa, cuando oí que pronunciaban mi nombre. Di media vuelta y sentí que la sangre se me helaba cuando comprobé que quien me llamaba era el doctor González. Ni siquiera sabía su nombre de pila, a pesar de que era uno de los hombres fuertes del Opus Dei en Colombia. Un español que había estado mucho tiempo al lado de Escrivá de Balaguer, primero en Madrid y luego en Roma, y que en los últimos años se paseaba por las sedes de América Latina como si fueran sus fincas. Nos obligaban a darle tratamiento de doctor y a saludarlo con una ligera inclinación de cabeza. Era implacable y despiadado, brutal con las palabras, y alguna vez oí que en Lima los padres de un joven que acababa de ingresar a la secta lo habían demandado porque, en un ataque de ira, González lo había golpeado violentamente al descubrir que se había quedado dormido en una charla que él mismo conducía.

Aquella mañana, sin embargo, se me acercó con una sonrisa que no le conocía y me propuso que nos tomáramos un café. Pero dejó el gesto de falsa amabilidad cuando le dije que iba de prisa, que tal vez en otra ocasión nos podríamos reunir con la debida calma.

«¿Te hemos dado lo mejor durante más de diez años y ahora no tienes diez minutos para nosotros? —me dijo al tiempo que me tomaba de un brazo. Y siguió hablando—: No pienso convencerte de que regreses, si eso es lo que te atemoriza. Sólo pretendo que nos despidamos como la gente decente. Uno no se va de la casa tirando la puerta sin decir ni siquiera adiós.»

Con el susto que todavía me producía su presencia, finalmente acepté la incómoda invitación. Pensé que me hablaría del lugar que teníamos garantizado en el infierno quienes abandonábamos la Congregación, que me recordaría que Escrivá de Balaguer no daba ni un duro por el alma de los desertores. Pero eligió para su discurso un camino que no esperaba: «Supongo que después de estas largas vacaciones que te has tomado habrás comprobado que en ningún lugar se está mejor que en la Obra. Lo supongo porque eres un hombre inteligente. La falta que cometiste es muy grave, pero voy a hacer una concesión contigo: voy a olvidar tu pecado y a permitir que regreses a casa. Estoy convencido de que no lo dudarás después de lo que te voy a confesar: en el Opus Dei está el futuro de la Iglesia. Todo, está arreglado para que, cuando muera Benedicto XVI (y ojalá eso ocurra lo antes posible), el pontificado quede en cabeza de la Congregación. Las fichas están jugadas. Y si a última hora algo falla, lo tenemos todo listo para crear nuestra propia Iglesia, soberana y poderosa. En cualquiera de los dos casos, ¿te imaginas el mundo rendido a nuestros pies? Estoy seguro de que no querrás perderte esta oportunidad de la que sólo podrán gozar algunos elegidos. Tú eres uno de ellos, y tenemos muy buenos planes para ti. No te dejes tentar ahora por pequeñeces. No te dejes conmover por la enfermedad de tu padre: llegado el momento oraremos por él. Pero no cometas la estupidez de alejarte: te vas a arrepentir en esta vida y en la otra.»

Aún no salía de mi asombro cuando González se levantó y siguió hablando: «Guárdalo para ti, como un secreto, porque casi ninguno de tus hermanos lo sabe. —Hizo coincidir estas palabras con el último sorbo de café, que bebió de pie, y remató—: No tienes que responder nada ahora. Te espero muy pronto en nuestra casa de Bocagrande. Y no olvides llevar aquel documento que tomaste por equivocación.»

Al volver a casa, a mi verdadera casa, la de la calle Tumbamuertos, preferí ocultarle a mi padre el encuentro que acababa de tener. Me quedé un buen rato contemplando su debilidad, y sólo en ese instante me empezó a hervir la sangre, al pensar que a González le parecía una pequeñez su agonía. Sentí que tendría que habérselo dicho en ese preciso momento, que tendría que haberlo puteado por intentar comprar mi conciencia con la promesa de hacerme partícipe de su repugnante poder sobre quienes siguen esperando una recompensa en el más allá. No obstante, en el fondo de ese odio que se apoderó de mi corazón hubo espacio para que se reavivara el temor que me había producido el encuentro y, más tarde, para que aparecieran inmensas dudas. Y sobre todo una: ¿a qué se refería con lo de aquel documento que tomé por equivocación? ¿Acaso a la carta de mi padre? ¿Acaso a la fórmula criminal del doctor Arizmendi?

29

La imagen de González me persiguió unos cuantos días después de aquel encuentro desafortunado. Una noche, luego de apagar la luz, recordé con terror una de las historias que le atribuían a ese hombre rudo y humillante como pocos.

Dirigía un centro universitario que estaba ubicado en el barrio de Gracia, en Barcelona. Era una casa de tres plantas que ocupaba casi media manzana y que, además de la puerta principal, tenía salidas sobre dos calles. Contaba con más de veinte habitaciones y capacidad para más de medio centenar de estudiantes, de los cuales unos pocos aún no habían ingresado formalmente al Opus Dei, pero estaban en camino de hacerlo y se les había permitido vivir allí, pues procedían de otras poblaciones.

Un sábado en la madrugada, dos aspirantes que habían pedido permiso para viajar a sus ciudades de origen, para compartir el fin de semana con sus familias, entraron a la casa por una de las salidas de emergencia en compañía de dos amigas y pasaron con ellas la noche. Los jóvenes habían desistido de la idea de ingresar a la Congregación, pero tenían resuelto que antes de comunicarla se despedirían desafiando una de las normas más estrictas del Opus. Aunque habían tomado ciertas precauciones para pasar inadvertidos, el exceso de alcohol los llevó a hacer tanto ruido que finalmente se delataron.

A la mañana siguiente, indignado, González decidió clausurar las salidas laterales de la casa, a pesar del riesgo evidente en caso de emergencia. Cuando uno de los estudiantes se atrevió a preguntarle qué ocurriría si, por ejemplo, se llegara a presentar un incendio, González respondió: «Es mejor que se quemen todos en esta vida a que se quemen unos cuantos en el infierno.»

Cada vez que podía se refería a las mujeres con expresiones indecorosas, como si fueran ellas las portadoras exclusivas del pecado, y hablaba de la gente de escasos recursos económicos en términos poco amables. Reflejaba a la perfección el carácter clasista de la Congregación, cuyas puertas principales casi siempre han permanecido cerradas a los pobres. Para quienes están lejos del poder económico o social, Escrivá de Balaguer creó la categoría de «agregados». Por lo general, sólo un milagro en sus cuentas bancarias o el acceso inesperado a un cargo influyente les permite convertirse en numerarios y vivir en una de las casas del Opus. De lo contrario, suelen encargarse de los trabajos más duros y menos atractivos, muchas veces como sirvientes de los miembros de élite, convencidos como los tienen de que al final de sus días Dios los premiará con un lugar en el paraíso.

No era de extrañar que, con su estilo despectivo y su gusto por el dinero, González hubiera sido el encargado de poner en orden las finanzas de la Congregación en varios países de América Latina, en una cruzada económica que lo llevó a establecer alianzas con sectores privilegiados, pero también a sentar las bases para un incremento en los aportes de los miembros desde que ingresaban al Opus.

Esa noche de desvelo recordé cómo, en cumplimiento de las órdenes de González, cuando yo apenas había dado el sí pero aún no vivía en una de las casas de la Congregación por ser menor de edad, me dieron instrucciones para negociar con mis papás una mesada más generosa que debía endosar casi en su totalidad y me exigieron que, en adelante, entregara los regalos que recibiera en los cumpleaños y en la Navidad.

Poco antes de que lograra conciliar el sueño me pregunté adónde habría ido a parar esa sofisticada calculadora que mi padre me regaló cuando decidí estudiar ingeniería y que unas semanas después le aseguré que me la habían robado en la universidad, aunque en realidad la había entregado para ganar puntos con mi consejero espiritual. Pensé que tal vez había llegado el momento de confesarle a mi padre esa mentira y tantas otras que le dije en los años en los que todavía dependía económicamente de él.

30

Había remplazado mis charlas semanales con Mariano por las conversaciones telefónicas en las que le daba buena cuenta a Eduardo de casi todo lo que sucedía en mi vida. Con la diferencia de que a mi amigo le abría el corazón porque me daba la gana. Y lo abría de par en par. Y le exponía mis dudas. Y le contaba mis ilusiones. Y le expresaba mis angustias. Y a veces los largos diálogos que solíamos sostener después de que mi papá se iba a la cama se convertían en monólogos que él soportaba con paciencia y con cariño, y en los cuales muchas veces aprovechaba para vomitar mis iras y mis rencores.

A pesar de que trató de desestimar cualquier peligro que pudiera estar corriendo cuando le hablé de mi encuentro con González, sentí que esta vez sus respuestas se demoraban más de lo acostumbrado, y creí advertir un eco de alarma en el tono de su voz. Al fin y al cabo, apenas un par de semanas atrás le había expresado mi sorpresa por la extraña llamada que recibí del padre Julián. Y no tanto por el contenido de sus palabras: primero una invitación a que enderezara mis pasos y no desaprovechara la enorme bondad de nuestro padre al haberme elegido como uno de sus discípulos, y luego las amenazas en las que me describía con lujo de detalles —como si lo conociera— el infierno que me esperaba a la vuelta de la esquina por haberle dado la espalda a Escrivá.

Era previsible que tratara de hacerme regresar al rebaño del Opus con cualquier argumento. Y, aunque todavía no estaba del todo listo como para que sus palabras me rozaran sin hacerme daño, lo que realmente me angustiaba era el hecho de que hubieran dado tan pronto con mi paradero.

Eduardo me insistía en que era apenas lógico que me buscaran en las casas de mis familiares, y que también lo era que tuvieran los datos de la de mi padre. «No en vano ellos cuidan sus intereses —me decía—, y hasta hace muy poco suponían que cuando Aníbal muriera su casa pasaría a manos de ellos. ¿Por qué cree que trataron de ocultarle su carta? Precisamente para no correr el riesgo de que, si llegaban a reencontrarse, usted terminara armado de motivos lo suficientemente poderosos como para salirse del Opus. Ellos no renuncian a los bienes terrenales tan fácilmente como lo quieren hacer creer.»

Mi amigo parecía tenerlo todo muy claro hasta cuando apareció González en nuestras conversaciones. Para empezar, no entendía el porqué de la amabilidad con la que me había tratado: «Detrás de esa actitud se esconde alguna intención perversa», me confesó más adelante. Y lo que más despistado lo dejaba era la solicitud de que le devolviera aquel documento sobre el cual no tuve información para darle. Al final, sin embargo, asumió que se trataba de las instrucciones del doctor Arizmendi: «Viéndolo bien —me aseguró Eduardo—, ese simple papel podría dar pie para iniciar una demanda. No es difícil establecer que lo estaban medicando en contra de su voluntad. Y ellos seguramente se quieren ahorrar ese escándalo. —Y, como para zanjar el tema, remató—: Quédese tranquilo, Vicente. Cuando aparezca una mujer en su vida, y le aseguro que no demorará en aparecer, todos sus males se empezarán a curar como por arte de magia. Y tendrá todas las fuerzas para mandar a la mierda al Opus de una vez por todas.»

31

Tenía una curiosidad enorme por ver cómo avanzaba mi retrato, pero mi padre me dijo que sólo me lo dejaría ver cuando hubiera puesto la última pincelada. Las sesiones no duraban más de tres cuartos de hora, pero terminábamos exhaustos. Él, por cuenta de su enfermedad, pues aunque estaba acostumbrado a trabajar durante largas jornadas, y muchas veces encaramado en andamios o agachado en incómodas posiciones, ahora se fatigaba con facilidad. Y yo, no tanto porque tuviera que permanecer inmóvil, ya que ésta había sido una de las rutinas de cada día en los últimos años, en ocasiones arrodillado mirando a un altar mientras el cilicio hacía estragos sobre la piel tensionada, sino porque al tener a mi viejo enfrente después de tanto tiempo, los pensamientos con frecuencia me llevaban a la culpa y al dolor.

Una de esas mañanas recordé su llamada el día en que dejó Bogotá para instalarse definitivamente en Cartagena. Recordé mi indiferencia y mi rudeza, y estuve a punto de llorar. Pero mi padre adivinó la tristeza en mis facciones y me dijo que la idea era hacerme un retrato de hombre feliz. Consciente del motivo que me acongojaba, me pidió que pensara en la alegría del reencuentro y olvidara para siempre los años de ausencia.

Fue la única vez que habló mientras me pintaba. De resto, siempre dejó que Lecuona llenara el espacio con las notas de su piano. A veces, mientras se detenía un momento para mirarme y comparar mis rasgos con los que iban quedando en el lienzo, movía el índice derecho como si estuviera dirigiendo una orquesta. En los silencios breves entre una canción y otra me gustaba oír el sonido del pincel sobre la tela. Y más me gustaba cuando la recorría con sus propios dedos, tal vez para adelgazar un pegote de óleo o para crear una sombra.

Se nos volvió costumbre celebrar con una copa de vino cada vez que terminaba la sesión. Vino blanco si era antes del almuerzo, y tinto en las tardes. Y una que otra noche bebíamos ron antes de ir a la cama, mientras jugábamos parqués o apostábamos a las cartas. Recuerdo que fue precisamente la noche en que perdí la partida por primera vez cuando le confesé mi situación económica: «Salí del Opus Dei sin un centavo. Entregué todo lo que recibí. Cada mes tenía que darles el cheque de mi sueldo.

Y los últimos meses ni siquiera me permitieron trabajar, convencidos de que era un peligro que anduviera por ahí, sin vigilancia, cuando comenzaron las dudas. En todo caso, nunca llegué a tener un salario considerable, porque jamás me dejaron ejercer como ingeniero. La mayor parte del tiempo fui profesor de matemáticas y de religión en uno de sus colegios para varones. En términos económicos me daba lo mismo: ganara poco o mucho, en todo caso sólo estaba previsto que me dieran lo justo para los gastos indispensables.»

Mi viejo sólo movía la cabeza de vez en cuando en señal de reprobación, pero jamás pronunció una palabra descortés en relación con mi pasado. Cuando le dije que me avergonzaba tener que depender de él incluso para pagarle mis pequeñísimas deudas en el juego de Rumi, soltó una carcajada. «Eso significa que, gane quien gane, yo siempre pierdo.» Y luego, en tono paternal, me dijo que él nunca se había apegado a sus bienes materiales, y que menos apegado podría estar ahora. Que podía disponer de todo cuanto había en la casa, incluida la casa misma, y de lo poco que había en el banco. Me explicó que incluso desde antes de saber si me vería de nuevo, cuando apareció la enfermedad encargó a un amigo suyo no sólo de darme la noticia de su muerte, sino además de entregarme las escrituras y los documentos de sus cuentas.

Habría querido decirle que cuando tomé la decisión de viajar a Cartagena sólo pensaba en volver a verlo, volver a oírlo, volver a abrazarlo, sólo pensaba en acompañarlo en la etapa final de su vida, y que en ningún momento se me había ocurrido pretender una herencia o acceder a una cuenta bancaria. Pero sólo tuve cabeza para recordar que mucho tiempo atrás, el día que cumplí siete años en el Opus, firmé un testamento a nombre de la Congregación para cumplir con una de las normas más estrictas de Escrivá.

¿Cómo decírselo a mi padre? ¿Cómo explicarle que la casa que los abuelos le habían dejado corría el riesgo de pasar a manos de una secta que tal vez la convertiría en un nuevo centro de torturas y de lavado de cerebro? No supe cómo, pero se lo dije. Y él, por primera vez desde el reencuentro, se salió de casillas: «No tienen límite esos hijos de puta.»

Aunque estaba avergonzado cuando le hice mi confesión, oír que trataba en esos términos a los que habían sido mis hermanos, y pensar que, por lo tanto, también me estaba calificando de hijo de puta a mí, que durante tanto tiempo compartí su forma de pensar y de actuar, me produjo algo más que incomodidad. Quise reaccionar y decirle que jamás lograría entender ciertas cosas, pero me abstuve: me habían enseñado a contar hasta diez para lograr la calma, y aquella vez conté hasta veinte. Entendí que no sólo le había pedido a mi viejo que no se ahorrara ningún comentario, sino que, además, lo que había dicho coincidía con lo que yo estaba pensando. Aunque me costara trabajo admitirlo. Aunque todavía tuviera el temor de expresarlo de una manera tan clara.

Después de un largo e incómodo silencio, mi padre retomó la conversación en otro tono:

—No te preocupes, hijo, eso se arregla muy fácil. El amigo del que te hablo es abogado. Sólo debes estar seguro de que realmente quieres cambiar la voluntad que expresaste en ese documento.

—Sí, papá, quiero cambiarla.

—No estás obligado a hacerlo.

—Ya te dije que quiero cambiarla. Cuando firmé ese papel no era consciente de lo que hacía.

—¿Te obligaron a hacerlo?

—Me llevaron a hacerlo... como me fueron llevando a hacer tantas cosas que nunca quise.

—Pero durante muchos años pensaste que eso era lo correcto. No quiero que luego te arrepientas de lo que vas a hacer, y me señales como el culpable.

—Eso no va a pasar. Quiero borrar mi pasado. ¡Voy a borrar mi pasado!

—Eso es imposible, Vicente. No hay forma de borrar el pasado. No puedes ignorarlo. Y tampoco conviene que lo pretendas. Los errores del pasado te ayudarán a ver mejor el camino.

—Dices cosas inteligentes... no sé por qué no te escuché antes.

—Tal vez porque antes no decía cosas inteligentes. La cercanía de la muerte ayuda a poner en orden las ideas.

—No quiero que te mueras.

—Hay muchas formas de morir, hijo, y ésta es la menos grave de todas.

32

Un par de días después de aquella conversación acompañé a mi padre al médico. Varias veces se negó a ir, aduciendo que ya todo estaba escrito, que nada se podía hacer diferente de esperar la muerte con resignación, pero al final logré convencerlo.

En realidad era yo el que necesitaba ir: a pesar de que cada vez lo encontraba más delgado y más amarillo, a pesar de que lo veía comer cada día menos, guardaba la esperanza de que hubiera alguna salida. No entendía por qué ni siquiera habían intentado llevarlo a cirugía para comprobar con sus propios ojos lo que anunciaban los exámenes: que el tumor comprometía parte del estómago, parte del hígado, parte del esófago, y que tenía un tamaño descomunal. Y, si definitivamente no había nada que hacer, quería tener instrucciones precisas sobre la manera como debía actuar cuando los síntomas mortales hicieran su aparición. Mi padre se apagaba poco a poco, como una vela que se consume, pero me sorprendía que jamás se quejara de dolores fuertes, que todos los días quisiera levantarse de la cama, que insistiera en terminar mi retrato.

Cuando el médico empezó a explicarme la situación, lo primero que pensé fue que quería consultar a otro especialista. Pero al final de una ilustración exhaustiva en la que recurrió a dibujos, comparaciones y descripciones detalladas, comprendí que nadie iba a decirme lo que yo esperaba. Salí del consultorio en un grado de tristeza tan grande que fue mi padre el que me dio consuelo, el que trató de convencerme de lo que él parecía ya convencido: que ante lo inevitable sólo existía la opción del acatamiento. Que si él pretendía luchar contra lo imposible sólo lograría multiplicar la tristeza y convertir en una tortura la última oportunidad que tenía para vivir momentos felices. Que había que actuar con cierto grado de indiferencia, porque al pensar en exceso en lo que venía, sólo conseguiríamos darle tal importancia que alcanzaría dimensiones de tragedia. Me explicó, también, que en todo caso siempre es mejor enfrentarse a una certeza, cualquiera que ella sea, que ante la incertidumbre. «Al fin y al cabo, todos vamos a morir. Piensa que alguna ventaja hay en saber el momento.» Y, aunque no conociéramos el día ni la hora, sabíamos que era cuestión de semanas. Estaba dispuesto a saborear las últimas migajas del plato, a gozarse hasta el último instante, y no sería yo quien fuera a dañarle su fiesta de despedida. Sobre todo porque era el único invitado.

33

Me había aficionado a caminar un buen rato todas las mañanas, a buscar el mar detrás de las murallas, a recorrer en desorden la ciudad vieja, a aprender los nombres sonoros de sus calles —De los Siete Infantes, Del Sargento Mayor, De la amargura, Del estanco de aguardiente...—, aunque ninguno me resultaba tan encantador como el de la calle en donde se levantaba la casa que alguna vez fue de los abuelos y que muy pronto sería mía: Tumbamuertos. La misma en donde estaba la tienda de artesanías, que casi siempre permanecía cerrada.

Una mañana, cuando regresaba de una excursión que me había llevado hasta la torre del Reloj, adonde había ido para comprarle a mi papá cocadas y dulces de tamarindo con las ganancias del juego de la víspera, me estrellé de frente con una mujer que salía de prisa del local de artesanías de los Morelli, aquella pareja de argentinos aventureros que se quedó a vivir en Cartagena y que estableció una relación muy cercana con mis padres. Se quedó mirándome como si me conociera, y yo, en cambio, la debí de mirar como si fuera una de esas tentaciones del demonio de las que me habían enseñado a huir sin darles tiempo de que me lanzaran el anzuelo.

Perturbado, ni siquiera alcancé a fijarme en sus ojos azules, en sus largas pestañas, en las pecas que adornaban sus mejillas, en esa sonrisa que parecía detenida en el tiempo, ni mucho menos en sus manos de dedos largos y delgados ni en su cintura entallada. La esquivé y traté de seguir mi camino, pero la mujer me detuvo al pronunciar mi nombre. Había adivinado en mi cara los rasgos de ese niño con el que tantas veces jugó en la infancia. Con el que construyó castillos de arena y escaló los árboles de mango del vecindario. Con el que alguna vez subió a la terraza improvisada de su casa para jugar al médico lejos de la mirada de los adultos. También yo me devolví a aquellos años cuando repitió mi nombre y me obligó a regresar hasta ella.

Era Ana, la hija de Morelli. No había duda.

No logré responder a su emoción con el mismo entusiasmo. No pude mover mis brazos cuando los suyos rodearon mi cuerpo. Me demoré en pronunciar palabra y, cuando lo hice, sólo atiné a preguntarle por sus padres. Mentí cuando me invitó a pasar a su casa, pues me sentía incapaz de prolongar aquella conversación desordenada y torpe en la que apenas pude enterarme de que su madre había muerto, Morelli había regresado a Buenos Aires y ella le había dado la vuelta a medio mundo, y desde hacía un año dividía su tiempo entre el buceo y la tienda. Cuando me preguntó por mi vida sentí una profunda vergüenza, pensé que en realidad no tenía nada interesante para contar, que había perdido poco más de once años, y le dije que era una larga historia que luego le narraría.

Esa noche, tan distraído como andaba mientras jugaba parqués, mi padre descubrió que algo me pasaba. Algo diferente de mi preocupación, a veces evidente, por la cercanía de su muerte. Algo diferente de ese ensimismamiento en el que a veces caía cuando me atacaban las culpas por haber abandonado la Congregación.

—¿Necesitas oídos?

—No te entiendo, papá.

—No es bueno que te guardes lo que tanto te preocupa. Hablar es una buena terapia.

—No me pasa nada, papá.

—Lo digo por si llegara a pasarte. Y no quiero que pienses que pretendo meterme en tu vida. Podrías hablar con alguien más. Podríamos buscar ayuda.

—No es eso... Simplemente, no es fácil cambiar

todo de repente de una manera tan radical. Piensa que estaba acostumbrado a contárselo todo a un tipo que se suponía que era mi consejero, y de alguna forma él decidía por mí. Me decía qué hacer, cómo actuar. Incluso me decía cómo pensar.

—Nadie puede obligarte a pensar de una manera o a actuar de otra.

—Ya lo sé. ¿Por qué crees que salí corriendo de allá? Ni siquiera me dejaron decidir sobre lo que debería hacer ante la noticia de tu enfermedad mortal. Qué digo: ni siquiera me permitieron saber que estabas enfermo. Me ocultaron la carta en la que me dabas la noticia.

—Te entiendo. Es como si estuvieras aprendiendo a caminar solo otra vez.

—A caminar y a recorrer un mundo que había negado tantos años.

—Y a descubrir tantos placeres que también te habías negado.

—¿Por qué lo dices?

—Porque sospecho que estás abriendo una puerta del corazón que habías cerrado con doble candado.

—¿Cómo puedes saberlo?

—Porque esa mirada te delata.

34

Mi papá tenía razón: en mi corazón se estaba abriendo una puerta. O tal vez ya estaba abierta, de par en par. Pero no había sido mi decisión: yo ni siquiera sabía en dónde estaban las llaves. Ana había violado los candados y ahora estaba adentro. Esa noche, después de dar por terminado el juego de manera anticipada, me fui a mi cuarto con la cabeza convertida en un mar de confusiones. Cuando me desnudé para ponerme la piyama sentí que el miembro se despertaba de inmediato, como si lo hubiera liberado de los rigores de un cinturón de castidad. Pensé que lo mejor sería darme un baño con agua helada, como tantas veces lo había hecho para calmar un deseo que no acababa de tomar forma. Pero me arrepentí cuando estaba a punto de abrir la llave. Corrí hacia la cama, retiré la manta que la cubría, me lancé boca abajo y pensé que Ana estaba allí, aferrada a mi cuerpo, y sentí que entraba en el suyo cuando empecé a moverme con desespero. Di la vuelta y con mis manos ayudé a conseguir esa explosión que parecía no cesar y que me dejó empapados el pecho y el abdomen.

La culpa me llevó muy pronto de regreso a la ducha para limpiar las huellas del pecado. Sentí los ojos de Escrivá clavados en mi nuca, y oí su voz cuando me recordó que el infierno estaba poblado de hombres que habían sido incapaces de vivir la castidad. Pensé de nuevo en Ana, pero esta vez la vi como el demonio mismo, burlándose de mi caída y regodeándose con el castigo que me había sido anunciado.

Volví a la cama después de haber dejado correr durante largo rato el agua sobre mi cuerpo, y me acosté de nuevo boca abajo, pero esta vez para llorar abrazado a la almohada. Las fuerzas se me fueron agotando hasta que quedé profundamente dormido. Desperté en la madrugada acosado por imágenes y sensaciones que me demoré en comprender que habían formado parte de un sueño: Ana estaba tendida, desnuda, sobre una playa que no era la de Cartagena. Yo caminaba por la orilla desde una curva que dejaba atrás una zona de hoteles y le daba paso a un territorio desierto de arena casi blanca. Cuando veía a la hija de Morelli, a lo lejos, aceleraba el paso para llegar muy pronto hasta ella. Me desnudaba unos pasos antes de alcanzarla, la contemplaba de la cabeza a los pies, centímetro a centímetro, y luego me tendía a su lado. Apoyaba una mano sobre su frente y empezaba a descender. Repasaba sus cejas, rodeaba sus ojos, recorría su nariz y estiraba sus labios con mi dedo. Seguía bajando muy despacio, primero por su mentón y luego por su cuello, cruzaba el delgado camino entre sus senos, me detenía un instante en el ombligo y, cuando estaba a punto de alcanzar su sexo, ella despertaba. Me miraba con pasión desde el fondo de sus ojos azules y de repente se levantaba y me llevaba corriendo hasta el mar. Cruzábamos las primeras olas saltando como niños y caíamos al agua. Nos sumergíamos, y allí, bajo la superficie, nos abrazábamos por primera vez. Nadábamos uno al lado del otro para alejarnos aún más de la orilla y, cuando los pies ya no alcanzaban a tocar el suelo, nos buscábamos de nuevo y dejábamos que su piel y la mía se confundieran, mientras movíamos los pies para tratar de conservar el equilibrio. Luego la levantaba con mis brazos y dejaba que su cuerpo fuera descendiendo pegado al mío, lentamente, hasta que mi sexo entraba en el suyo.

Cuando las primeras luces del día empezaron a colarse por la ventana de mi cuarto, yo todavía repasaba escenas de ese sueño maravilloso en el que amaba sin culpas ni temores a aquella argentina a la que dejé de ver tantos años, y sentía el enorme deseo de que ella fuera la primera mujer de mi vida.

35

Aunque varias veces estuve a punto de confesárselo, no fui capaz de hablar con mi padre sobre el encuentro con Ana, y mucho menos sobre las réplicas que aquel terremoto seguía produciendo en mi corazón. Al que se lo dije casi todo fue a Eduardo, que vivía pendiente de mi regreso al mundo real. Le conté que desde el momento en que me tropecé con ella no había logrado sacarla de mi cabeza... ni lo había intentado. Que a la hora de acostarme, los sueños comenzaban antes de cerrar los ojos y que, en las mañanas, cuando los abría de nuevo, ahí estaba Ana, como un fantasma que me vigilaba desde la mesa de noche. Le pregunté si era normal o si acaso estaba enloqueciendo y me respondió que al menos era su imagen la que me acompañaba ahora en todo momento, y no la de Escrivá. Me explicó que mi comportamiento era el de un adolescente, porque, al fin y al cabo, había regresado en el tiempo para recuperar una etapa esencial de mi formación que había pasado de largo. Me instó a buscarla, a hablar con ella, a darle algunas pistas sobre lo que me estaba pasando: «No todo puede suceder en su imaginación, porque corre el riesgo de llevarse una desilusión enorme si un día comprueba que ella ni siquiera se había enterado de lo que estaba pasando entre ustedes dos. Invítela a caminar por la playa... ¿Qué tal que se le haga realidad el sueño?» Acepté la broma, pero supe que era casi imposible que yo decidiera dar un paso adelante. En todo caso, sabía que con mi confesión le estaba dando a Eduardo argumentos de sobra para que no me dejara en paz hasta que pudiera narrarle algún avance en mi relación platónica.

De los misterios gozosos pasamos a los dolorosos. En aquella larga llamada también le hablé a Eduardo de un presentimiento que en los últimos días no me dejaba en paz: que mi padre moriría apenas concluyera mi retrato. Y, cuando se lo dije, pensé que faltaba no más que la sesión del día siguiente para terminarlo. Le conté que, a pesar de que su estado de ánimo parecía inmune a la enfermedad, su cuerpo se debilitaba cada día más. «No debe de ser fácil aceptar que uno tenga que morir cuando está en uso de una lucidez espléndida. Ver que la fachada se viene abajo mientras en el interior todo es reluciente. Mañana, mi viejo dará su última pincelada. En su cabeza siguen revoloteando aves y siguen apareciendo paisajes que ya no puede llevar al lienzo. No creo que lo soporte. Me temo que estampar su nombre en mi retrato será como firmar la renuncia irrevocable a este mundo.»

Mi amigo permaneció en silencio un rato más, como si estuviera guardando un luto anticipado por mi padre. Y sólo agregó un par de frases antes de despedirse: «Tome estos días como un regalo hermoso que le está dando la vida. Y piense que el dolor por esta muerte inevitable no será tan duro como habría sido la culpa por esa ingratitud a la que lo estaba condenando la Congregación y que, por fortuna, logró evitar a tiempo.»

36

No dejo de preguntarme por qué dos hechos a la postre tan significativos en mi vida ocurrieron al mismo tiempo.

Sonaba *Andalucía,* de Lecuona, mientras mi padre repasaba algunas líneas de ese retrato que estaba a punto de terminar. Yo estaba sentado frente a él, tratando de disimular la angustia que me producía ese final anunciado. Procuraba distraerme, a propósito, para no quedarme mirándolo fijamente y hacer evidente mi tristeza. Pero volvía a él una y otra vez, sin remedio. Quería aprender su cara de memoria: grabar para siempre esos gestos que muy pronto no vería más. Como si se tratara de un juego, cuando suponía que mi viejo estaba a punto de adivinar mis pensamientos, volvía a perderme en escenas lejanas. Varias veces aterricé en la casa de la Congregación en la que viví tantos años. No obstante, cuando era consciente de haber llegado hasta allá, buscaba otra ruta, pues no quería que mi retrato se contagiara de malas energías. Viajaba entonces a la infancia para rescatar la sonrisa de mi madre, para reírme otra vez de las impertinencias de mi primo Daniel o para buscar la salida de algún laberinto de arena.

Llevábamos poco menos de media hora en aquel ejercicio, mi padre pintando, y yo, recogiendo recuerdos. Llevábamos poco menos de media hora y sonaba *Andalucía* cuando llamaron a la puerta. Oí los pasos de Carmen en el pasillo, y unos segundos después una conversación lejana. Volví a mis cavilaciones, en espera de que mi viejo anunciara que la función había terminado. Un par de días atrás había comprado un ron nicaragüense con veintitrés años de añejamiento pensando en esa ocasión. Lo había escondido detrás de un arrume de lienzos para que fuera sorpresa. Después de que por fin pudiera contemplar el retrato, después del abrazo, brindaría con mi padre: brindaría por él, por haberlo reencontrado, por haber estado a su lado en esos días. Andaba soñando con el ron, cuando un ramo de rosas rojas asomó por la puerta del estudio. Debí de poner tal cara de asombro que mi viejo dio media vuelta para ver qué sucedía. En ese instante, detrás de las flores, apareció Ana. Llevaba un vestido blanco, suelto, y estaba tan hermosa, que si algo así me hubiera ocurrido un par de meses atrás habría jurado que se trataba de una aparición de la Virgen. Como si acabara de encontrar la pieza que le faltaba para armar el rompecabezas, mi papá me miró con una mezcla de curiosidad y satisfacción, pero yo había quedado petrificado: no es fácil ver de repente en carne y hueso a la mujer con la que uno se ha ido a la cama en las últimas noches... así sea en sueños. Y sobre todo si esa mujer no lo sabe.

Las flores eran para mi padre. En nuestra breve conversación frente a la tienda de artesanías le había comentado a Ana sobre su enfermedad, y ella, que se lo había encontrado unas cuantas veces desde su regreso, y que lo recordaba de la infancia como un viejo simpático e irreverente, quería tener un gesto con él. Y tal vez quería algo más: había separado una rosa del ramo, que llevaba en la otra mano y que se acercó para entregarme.

Mi viejo reaccionó a tiempo para evitar que mi silencio echara a perder lo que él ya debía de estar considerando como la oportunidad ideal para acabar de salvarme de las garras de la Congregación. Le dijo a Ana que había llegado en buen momento, pues la espalda empezaba a torturarlo y prefería continuar después. Le habló del ritual de la copa de vino que habíamos establecido para el final de cada sesión, y la invitó a compartirlo con nosotros esa mañana. Cuando me hizo señas de que bajara a la cocina por el vino, pensé que la ocasión resultaba más que propicia para anticipar el ron. La emoción que se dibujó en la cara de mi padre cuando vio la botella me comprobó que había tomado la decisión correcta.

Cuando Ana preguntó si podía curiosear el retrato, mi viejo le prometió que nos lo dejaría ver cuando le pusiera su firma, seguramente al día siguiente a esa misma hora, y de paso la invitó a la celebración. Yo apenas la miraba, confirmando su belleza, mientras ella se disculpaba por haber interrumpido esa ceremonia privada e intentaba una despedida que mi papá no quiso aceptar.

Allí bebimos el primer ron, en medio del desorden proverbial del estudio, y luego bajamos para seguir bebiendo a la sombra del mango. Sólo después de la tercera copa me animé a hablar y le pregunté por su viaje. Al final de ese relato de tantos puertos y tantas ilusiones, Ana quiso saber cuál era el secreto que yo guardaba. Miré a mi padre, como pidiéndole consejo, y él asintió para darle vía libre a mis palabras, aunque se hizo cargo de la introducción: «Muchas veces hay que recorrer caminos inciertos para descubrir por fin el verdadero. Vicente acaba de encontrarlo y está casi listo para echar a andar.»

Sin entrar en mayores detalles, le expliqué a Ana sobre la manera como un buen día había sentido que el agua de la Congregación me llegaba al cuello y sobre cómo me habían sumergido en las profundidades de su filosofía. Le hablé sobre algunas de las prácticas de la secta, le conté del hallazgo de la carta de mi papá y de mi regreso a la realidad. Conmovida, la mujer que sin saberlo me estaba ayudando a descubrir algunos de los sentimientos negados llenó las copas una vez más y, antes de brindar, me dijo que hacía mucho tiempo no tenía noticia de un acto de valentía tan grande. «En España supe de varios casos de gente muy valiosa echada a perder por los fanatismos inútiles de la religión. Pero también supe de otros que lograron pasar la página y descubrieron que la felicidad no está reservada para los cadáveres y que es posible alcanzarla en la tierra. En todo caso prepárate, porque vas a encontrar un mundo muy distinto del que conocías. —Luego miró a mi padre y remató—: Entiendo la alegría que sientes por haber recuperado a tu hijo. Si Vicente así lo desea, puede contar conmigo cuando necesite hablar con alguien y también cuando quiera una compañía para su silencio... aunque a los argentinos nos cueste tanto trabajo mantener la boca cerrada.» Aún no le había dado las gracias cuando me abrazó de una manera tímida y respetuosa para refrendar su ofrecimiento.

37

«Ahora sí me puedo pensionar tranquilo», dijo mi padre cuando puso su nombre en la última obra de su vida, y nos llamó a Ana y a mí para mostrarnos el retrato. A pesar de que su comentario se podía entender como una despedida, pospuse mis reflexiones y mi tristeza y entendí que en ese momento sólo cabía la posibilidad de celebrar. Ana había llevado una botella de jerez que unos meses atrás había comprado en el bar La Venencia, de Madrid: un amontillado con el que brindé por mi papá y por la mujer que acababa de aparecer en mi vida, mientras me descubría en el lienzo.

La emoción logró hacerme derramar unas cuantas lágrimas, que en todo caso brotaban con facilidad en aquellos días. Al notarlo, Ana me rodeó con sus brazos, tímidamente. Y mi viejo, que nos miraba a prudente distancia, decidió sumarse al abrazo. En ese instante me atacó la nostalgia, al pensar que si algo llegaba a prosperar entre Ana y yo, seguramente él no estaría para verlo.

Al lado de la firma había un par de figuras ovaladas que no logré identificar. Cuando me detuve en ellos con ojos de extrañeza, mi viejo me explicó que cuando yo era niño, alguna vez que me hizo un retrato, decepcionado al ver que sólo había pintado mi cara, le pregunté en dónde estaban los zapatos. «Acá están los zapatos que te estaba debiendo desde hace tantos años», me dijo, y se echó a reír.

Fue un día hermoso, a pesar del eco por momentos insoportable de mis presentimientos sobre su muerte. Una fiesta inolvidable de la que Ana agradeció que la hubiéramos hecho partícipe, aunque terminada la primera copa de jerez dijo que temía estar interrumpiendo una celebración íntima por la que tantos años habíamos esperado y se alistó para irse. Pero esta vez fui yo quien le pidió que se quedara. Y no sólo porque en su compañía sentía una tranquilidad que por momentos se convertía en gozo, sino también porque ese día no quería estar solo.

Después del almuerzo, cuando mi papá pidió permiso para retirarse a su habitación a dormir una siesta, pensé que había llegado el momento, que no volvería a despertar. Pero mis sospechas, por fortuna, no dieron en el blanco. Lo cierto es que el abandono de la pintura se tradujo casi de inmediato en un acelerador del deterioro. En los días siguientes su cuerpo entró en franca decadencia, los dolores esporádicos se convirtieron en molestias permanentes y el ánimo que mantuvo en alto hasta el final del retrato cayó al punto de que en ocasiones ni siquiera permitía que le abrieran las ventanas de su cuarto.

Las visitas de Ana se volvieron cotidianas, y a mí se me convirtió en un ritual esperar su llegada. Un nuevo ritual, después de haber abandonado los que tuve a diario tantos años: besar el suelo al levantarme, ir a misa en latín, hacer media hora de oración en las mañanas y media hora en las tardes, rezar el rosario, leer los mandamientos de Escrivá de Balaguer... Y llevar el cilicio, lo más apretado posible, durante dos horas, para evitar las tentaciones de la carne: tentaciones de las que ahora no sólo no tenía que huir, sino que estaba feliz de alimentar cada día en presencia de Ana, aunque la simple idea de tomarle una mano o de acercar mis labios a los suyos me producía verdadero pánico.

Nuestros planes se limitaban a hablar, a compartir el almuerzo de vez en cuando, a tomarnos unos vinos y a jugar a las cartas con mi viejo cuando sus energías se lo permitían y su ánimo lo demandaba. Así fue durante varios días, hasta una mañana en la que Ana decidió dar un paso adelante: «Hay vida más allá de estas cuatro paredes. Hay un mar inmenso a pocas cuadras de acá. Hay lugares para ver el atardecer en compañía de un piano.»

Su comentario fue en realidad el preámbulo de una invitación que formuló al día siguiente. Llegó a casa más temprano de lo acostumbrado, con un vestido delgado de algodón blanco debajo del cual se dibujaba un traje de baño de dos piezas y muchos colores, y después de la visita de rigor me preguntó si quería acompañarla a la playa. Le dije que sí de inmediato, no tanto porque estuviera convencido de hacerlo, sino porque sabía que si me tomaba un espacio para pensarlo, las dudas y la culpa empezarían a multiplicarse rápidamente hasta hacerme perder esa valiosa oportunidad para dar otro paso en mi reintegro al mundo de la realidad. Mientras me ponía por primera vez la pantaloneta que compré con Eduardo y Julia, pensé en el sueño que tuve el día que me reencontré con Ana, el día que le permití a mi cuerpo escapar de esa prolongada abstinencia a la que lo habían condenado en la Congregación. Mi sexo trató de despertar en ese instante, animado por la ilusión de estar tan cerca de la piel de una mujer, pero el temor pudo más que el deseo.

Como si intuyera lo que me sucedía, mi padre se levantó para despedirnos y nos hizo tomar un par de rones antes de salir. Cuando llegamos a la playa, Ana me preguntó si quería que me untara crema protectora, aduciendo que mi blancura era un manjar para el sol, y yo apenas moví la cabeza tímidamente en señal de aprobación. Aunque se había ido desvaneciendo, se sorprendió al descubrir la huella del cilicio, y tuve que resumir para ella la historia que un tiempo atrás le había narrado a mi padre, mientras terminaba de embadurnarme lentamente.

No obstante la tensión que me produjo recordar las dolorosas faenas de mortificación, sentí en el roce de las manos de Ana sobre mi piel una caricia perturbadora. Aun así, no sé de dónde saqué fuerzas para preguntarle si quería que la ayudara con el bronceador. Me alcanzó el pote como respuesta y se tendió boca arriba sobre una toalla en espera de acción. Empecé por el cuello, tímidamente, y fui descendiendo hasta unos centímetros arriba de sus senos. Quise saltarlos, pues hasta muy poco antes, para mí, no eran más que sinónimo de pecado, y pasar al abdomen, sin escalas. Pero Ana sonrió con ternura cuando me detuve y me aseguró que no tenía que hacer algo que no quisiera. Me tomó de las manos con actitud casi maternal y me dijo que también debía quitarme los cilicios que me habían amarrado en el cerebro.

A pesar de que lo dijo de la manera más comprensiva, yo sentía que estaba a punto de echar a perder un momento con el que estaba soñando hacía muchos días. De manera que me armé de valor, me incliné sobre ella y respondí con un beso en el que apenas rocé sus labios. Dos horas después nos tomamos de la mano por Tumbamuertos y nos despedimos con un beso un poco menos tímido frente a la tienda de artesanías.

Volví a casa con una felicidad difícil de disimular, pero más tarde me asaltó la culpa y tuve la sensación de haber pecado en materia muy grave: algo así como si hubiera violado a una niña de diez años. En la noche, sin embargo, mientras repasaba cada segundo de aquel día inolvidable, mientras mi memoria demoraba aún más mis manos sobre la piel de Ana, mientras me prometía que la próxima vez trataría de ser más atrevido, supe que había llegado el momento de rematar los fantasmas que me atormentaban.

38

Besar me pareció un ejercicio fascinante, que empecé a practicar de manera religiosa todos los días. Ana no lo podía creer cuando le confesé que era la primera mujer a la que besaba en mi vida. Se tumbó en la hamaca, se agarró la cabeza con las dos manos y, luego de un silencio largo durante el cual no dejó de mirarme, me dijo que ahora se explicaba muchas cosas.

«¿Tan mal lo hago?», le pregunté con una vergüenza casi infantil, y me respondió que, por el contrario, acababa de entender de dónde salía tanta pasión: «Es como si un hombre que llega del campo descubre que existe una cajita de imágenes que se llama televisor... ¿Te imaginas cuántas horas al día podría pasar ahí sentado viendo toda clase de programas?»

No supe cómo entender su comentario, pero lo cierto es que me llevó a otra pregunta estúpida: «¿Insinúas que me estoy excediendo?».

Ana hizo un gesto de desespero que no le conocía, pero regresó pronto a la ternura: «Grábatelo de una vez por todas: me encantan tus besos y podría pasar veinticuatro horas seguidas pegada a tu boca. Lo que quiero decirte es que besas diferente... Entenderás que he estado en muchos lugares y he besado a muchos hombres, y ninguno se entregaba como tú. Tal vez porque casi todos quieren pasar muy pronto del beso a la cama. Tú te concentras en besar, exploras mi boca sin afanes, y eso es maravilloso. Es como si quisieras aprobar esta asignatura con las mejores notas antes de pasar a la siguiente. Además, déjame confesarte algo: tu falta de antecedentes empieza a resultarme fascinante.»

¿De qué otra manera podía terminar aquella conversación sino con un beso, tal vez el más apasionado que nos habíamos dado hasta el momento? Me senté a su lado antes de que terminara de hacer el cariñoso elogio de mi inexperiencia. Con las últimas palabras la tomé de las manos, y respondí con un gesto de niño consentido a esa sonrisa de la que cada día me enamoraba más. Ana acercó su cara a la mía y esperó que la iniciativa corriera por mi cuenta. Cerré los ojos, busqué sus labios y quise demostrarle que no se había equivocado al elogiar mis besos. Un rato después estábamos tendidos en la hamaca y, aunque sentí que con excepción de mis labios el resto del cuerpo se paralizaba, fue inevitable que en algún momento sus piernas se entrelaza-ran con las mías, que mis brazos rozaran su cintura, que sus senos se estrellaran con mi pecho. Pensé que seguramente había llegado la hora de pasar al siguiente curso, que mis manos deberían empezar a explorar su cuerpo por debajo de la delgada tela de algodón de su camisa, o incluso deberían atreverse a retirarla, pero mientras más claro lo tenía, más me intimidaba la idea.

La puerta de la habitación de mi papá sonó a tiempo para resolver mis dudas a la fuerza. Volvimos a la posición inicial, uno sentado al lado del otro, y esperamos que el viejo llegara hasta nosotros luego de un recorrido que a su débil cuerpo le resultaba largo en exceso. Se sentó en la poltrona que había acondicionado con cojines de varios colores, le pi-dió a Carmen un vaso de jugo de corozo, bebió un par de sorbos y se quedó unos segundos mirando al infinito antes de hablarnos. «Necesito pedirles un favor que seguramente a ti, Vicente, te parecerá des-cabellado. Quiero que me consigan un poco de ma-rihuana. Tú sabes, Ana, que Morelli y yo a veces nos dábamos la licencia de un porro. No pruebo la yer-ba hace un buen tiempo, pero esta mañana hablé con el doctor Acosta y me recomendó fumar de vez en cuando. Dice que, además de ayudarme a encon-trar la calma, potenciará el efecto de los analgésicos y me abrirá un poco el apetito.»

Miré a Ana como si necesitara un guiño antes de dar una respuesta, pero ella se adelantó y le prometió a mi padre que se encargaría del tema lo antes posible. Traté de disimular la sorpresa que me había producido tan inesperada solicitud, pero los dos, que cada día se volvían más cómplices, me hicieron un gesto que logró conmoverme: algo así como si se estuvieran disculpando por anticipado por una pilatuna que en todo caso iban a cometer.

La marihuana era otro de los demonios de los que me habían enseñado a huir en la Congregación, pero en ese momento entendí que si se trataba de un paliativo para la enfermedad de mi viejo, estaba dispuesto a apoyarlo. Y entendí también que el simple hecho de aceptarlo era una clara muestra de mi propia recuperación: los tiempos en los que estuve convencido de que todos los caminos que se apartaran de los preceptos del Opus conducían sin remedio al infierno habían empezado a quedar atrás.

39

Debo confesar que el olor de la marihuana no sólo
no me resultó desagradable, como me lo habían
descrito siempre, sino que por momentos llegué a
disfrutarlo, cuando acompañaba a mi padre a fumar en el patio. Una tarde en que se levantó después de la siesta para repetir la dosis de la mañana,
los ojos se me empezaron a empañar mientras lo
veía deshacer los nudos de yerba y convertirlos casi
en un polvillo verde. Cuando se dio cuenta de que
la tristeza me había embestido, rompió el silencio
luego de encender el cigarro que acababa de armar.

—Deja esa cara, hijo. No permitas que se nuble
el buen momento que estás viviendo. La alegría que
he visto en tu rostro en estos días compensa la incertidumbre de tantos años en los que no sabía si habías logrado ser feliz. Ésa es la imagen que quiero
conservar, si es que acaso existe en el más allá la
oportunidad de acudir a la memoria.

—Éstos han sido días de sensaciones encontradas. Hay momentos en los que la felicidad y la tristeza surgen al mismo tiempo, como esas tormentas que caen sobre el mar mientras brilla el sol.

—Ésa es la vida, Vicente. Pero las tormentas siempre pasan.

—No quiero que ésta pase. No quiero que te vayas, aunque me duela verte así.

—Pasará, hijo. También ésta pasará. Pero piensa que voy a morir feliz. Y piensa que, si no te hubiera vuelto a ver, tal vez habría muerto antes, y seguramente en medio de la tormenta. Contigo volvió a salir el sol. Y siento que ahora es el momento de partir.

—No digas eso... Parece una despedida.

—Es una despedida. No sé si mañana tendré alientos para decirte adiós. Para agradecerte que hubieras llegado cuando más te necesitaba. Para decirte que no tengas miedo de entregar el corazón.

—¿Crees que Ana es la mujer?

—Ana es como un ángel que llegó para acompañarte en uno de los momentos más difíciles y a la vez más hermosos de tu vida. Me gustaría decirte que ella es la mujer. Pero sólo tú puedes saberlo. Acerca el oído al corazón y deja que el corazón te hable.

—¿Quién va a mostrarme el camino cuando te vayas?

—Ya conoces el camino. Y estás listo para andar.

—Te voy a extrañar.

—Voy a estar contigo. No sé cómo ni desde dónde, pero voy a estar a tu lado.

Esa noche le pedí a Ana que me acompañara a caminar por la ciudad vieja. Buscamos la calle del Santísimo para iniciar un recorrido que suponía más largo, pero al otro lado de la plaza Fernández Madrid nos atrajo un pequeño bar en el que las aspas de un ventilador viejo brillaban al cruzar el halo de luz del único bombillo del lugar.

Sonaban los últimos acordes de un lamento de Julio Jaramillo. Ordenamos un par de rones y pedimos que repitieran la canción, al tiempo que nos ubicábamos en una mesa al fondo del salón. Los rones se multiplicaron mientras Ana me acompañaba a repasar cada una de las frases de esa conversación con mi viejo que me había entregado al ejercicio de la nostalgia. Aunque esa noche no hubo espacio para los besos, nunca había sentido mi corazón tan cerca del de esa mujer que me acariciaba con la mirada y que en el roce de sus manos parecía entregarme la dosis de ánimo que necesitaba para enfrentar una realidad que no tenía vuelta atrás.

No supe en qué momento entraron al bar un par de hombres que nos miraban desde la barra de manera persistente, como si nos estudiaran, como si nos reconocieran, como si algo les debiéramos.

Aunque preferí no comentarle a Ana sobre la molestia que me producían los personajes, y aunque traté de ignorarlos, luego de un rato lograron intimidarme hasta el punto de provocar nuestra salida del lugar. De vuelta a casa, una y otra vez miré hacia atrás para saber si nos perseguían, pero la oscuridad que esa noche reinaba en la calle Segunda de Badillo impidió mi tarea.

40

Estaba escrito. A la mañana siguiente, cuando entré a darle los buenos días a mi viejo, lo encontré abrazado a una fotografía de mi mamá que él mismo le había tomado en algún punto indescifrable de las murallas de Cartagena: era el retrato que más se parecía a la imagen que yo tenía de ella.

No pudo responder a mi saludo. Ni siquiera me sostuvo la mirada: sus ojos estaban en algún lugar muy lejos de este mundo. No fue difícil adivinar lo que estaba sucediendo, y sentí que la compañía de Ana me haría más fuerte para soportarlo. Pero entendí que tal vez no habría tiempo de correr hasta su casa. De manera que me senté sobre la cama, a su lado, y le tomé las manos. Aunque al comienzo sólo se me ocurría pronunciar oraciones para ofrecerle a Dios ese momento y entregarle a mi padre para la eternidad, comprendí que no era ésa la despedida que él habría deseado. Ni se trataba ya de una fórmula en la cual pudiera apoyarme con pleno convencimiento. Sencillamente, mi cabeza pretendía trabajar por reflejo, pero muy pronto la conduje hacia otra ruta y empecé a decirle a mi papá lo mucho que lo quería, a repetirle que había sido una fortuna gozar de su compañía en los últimos meses, a prometerle que guardaría de él su sonrisa y su inteligencia, a recordarle su promesa de permanecer a mi lado desde donde estuviera.

Cuando sentí que estaba a punto de perderlo, le dije algo que aún hoy no me explico de dónde salió: «Mi mamá te está esperando. Cuéntale que su hijo la recuerda con admiración. Que su imagen y la tuya me inspirarán siempre para ser un hombre mejor. Que el ejemplo de ustedes me ayudará a conseguir la felicidad. Ve en paz, papá. Seguramente encontrarás mil paisajes tan hermosos como los que pintaste. O alguno quizás más hermoso en el que quieras quedarte para siempre.»

No sé si escuchó mis palabras. Pero quiero creer que en su cara había una sonrisa cuando hizo el último esfuerzo por llevarles aire a sus pulmones, al tiempo que me apretaba las manos con fuerza, antes de cerrar sus ojos para siempre.

41

Cuando Ana llegó, yo todavía tenía en mis manos las manos de mi padre. Antes de que se enfriaran del todo, le había quitado la argolla de matrimonio y me la había puesto en el mismo dedo en el que lleví tanto tiempo el anillo que empecé a usar cuando completé siete años en la Congregación, el día que cumplí con el rito de la fidelidad: el mismo día en que firmé ese testamento a nombre del Opus Dei que cambié poco después de llegar a Cartagena.

La argolla llevaba inscrito el nombre de mi madre. Apenas me la puse sentí una suerte de protección que jamás me produjo ese anillo a imagen y semejanza del que lucía Escrivá de Balaguer, y que ahora reposaba en un pequeño baúl de mi habitación junto con la carta en la que mi padre me daba la noticia de su enfermedad mortal y la fórmula con las recomendaciones del doctor Arizmendi.

Era cierto que mi viejo se había encargado de organizar todos los detalles de su muerte, como me lo anunciaba en esa carta que ocultó la Congregación. Incluso había contratado a un lanchero que lanzaría sus cenizas al mar en caso de que yo no apareciera. Su cuerpo fue velado en un salón de la Escuela de Bellas Artes, a media cuadra de la casa, donde dio clases de pintura varios años. Aunque había dispuesto cada detalle con cabeza fría, como si se tratara de la muerte de un extraño y no de la propia, a última hora quise añadir un punto en el programa: contraté a un pianista que interpretó sus melodías favoritas de Ernesto Lecuona, de Agustín Lara y de Luis A. Calvo, mientras sus amigos y algunos parientes que llegaron a Cartagena lo despedían en ese acto íntimo, más que sencillo, que había previsto para su funeral.

Aunque desde el reencuentro con mi papá mi sensibilidad andaba alborotada y las lágrimas asomaban con frecuencia, los días que siguieron a su muerte no estuvieron señalados por la tristeza, sino más bien por la reflexión y la nostalgia, en medio de un ambiente en el que me sentí rodeado y querido como pocas veces en la vida. Ana no me desamparó un solo instante, y Eduardo y mi primo Daniel —que habían viajado desde Bogotá— me acompañaron durante los tres días siguientes, aprovechando el fin de semana. Se instalaron en la que ahora era mi casa y me pidieron permiso para actuar como anfitriones. Organizaron con Carmen un menú capaz de subirle el ánimo a cualquiera, dotaron la cava con generosidad y establecieron un horario en el que estaba prohibido salir a la calle antes de las seis de la tarde, hora en la que nos entregábamos a largas caminatas que solían terminar en alguno de los restaurantes que el buena vida de Daniel había ido clasificando en sus visitas a Cartagena. Aunque a veces lográbamos escapar del rigor del luto y nos perdíamos en conversaciones de esas que no conducen a ninguna parte pero que ayudan a moderar el tono de tragedia, era inevitable que los temas recurrentes fueran mi padre y mi futuro.

Recorrer la vida de mi viejo a punta de anécdotas fue un ejercicio hermoso, a pesar de esa especie de laguna por mis años de ausencia que en ocasiones me atormentaba: muchas veces mis caras largas no se debían a la reciente muerte de mi papá, sino al dolor de saber que lo había ignorado tanto tiempo. Sin embargo, mi primo y mi amigo se sorprendieron al comprobar que mi recuperación anduviera a tan buen ritmo, y destacaron el papel de Ana, a quien le atribuían parte fundamental del tratamiento. La primera noche, después de que ella se fue a su casa, Eduardo y Daniel se dedicaron a elogiarla. Y luego, como si hubiéramos regresado a la adolescencia, que es lo que suele ocurrir cuando tres hombres que se conocen de tiempo atrás se quedan solos en torno a una botella de alcohol, empezaron a hacer bromas sobre nuestra relación. Del humor pasaron a los consejos, y de los consejos a los buenos deseos, en una larga velada que se prolongó hasta el amanecer.

Como si se sintieran responsables por mi vida, en algún momento los dos me ofrecieron trabajar con ellos, pero les dije que alguien se les había adelantado con una idea mucho más atractiva: les conté que, unas semanas atrás, Ana me había propuesto que montáramos un pequeño centro de buceo o que convirtiéramos la tienda que le dejó Morelli en un almacén mejor surtido, que nos sirviera como disculpa para ir de pueblo en pueblo buscando aventuras y comprando artesanías. Y les expliqué que ya estábamos haciendo sumas y restas para decidir cuál de los dos proyectos nos resultaba más conveniente. «Primero tendré que poner en orden los asuntos de mi papá, y en eso tal vez necesite tu ayuda —le dije a Daniel, que era abogado. Y luego les hice una confesión a los dos—: En todo caso, soy consciente de que ya no tengo la disculpa de la enfermedad de mi viejo para seguir aplazando la decisión de rehacer mi vida.»

42

La de mi verdadero papá, Aníbal, fue una muerte
tan discreta que en nada se pareció a la de ese cura
español al que tantos años me obligaron a llamar
padre. La de Escrivá ocurrió cuando yo era apenas
un niño: un niño que por error de sus padres estudiaba en un colegio de varones del Opus Dei, y al
que los cazadores de la Congregación ya tenían en
la mira. A la mañana siguiente de su deceso nos hicieron formar en el patio inmenso en el que realizábamos la ceremonia de izada de bandera todos los
viernes. Nos dieron la noticia como si se tratara del
anuncio del fin del mundo. Con una arrogancia suprema, nos hicieron arrodillar sobre el piso de ce-
mento para agradecerle sus bondades infinitas y
para rogarle a Dios que nos permitiera seguir su
ejemplo: tan convencidos estaban de su grandeza
que ni siquiera se les ocurrió pedirnos que oráre-
mos por su alma. Ese mismo día nos obligaron a es-

cribir una carta al Vaticano solicitando su canonización, y nos prometieron que los mensajes mejor escritos serían premiados con las notas más altas. De tarea, nos pidieron que reuniéramos entre familiares y amigos al menos otras cinco cartas con mensajes similares, y en los días siguientes nos dieron una sobredosis de misas y encontraron prácticamente en todas las materias una disculpa para hablar del fundador de la secta: en historia nos hicieron aprender su biografía; en español nos pusieron a leer sus libros; en geografía nos hablaron de Barbastro, el pueblo donde nació, y de Roma, la capital de ese imperio en el que la figura del Papa parecía languidecer frente a la de Escrivá, que se estableció allí para estar lo más cerca posible del poder. Todo en el colegio empezó a girar en torno a ese hombre al que muy pronto empezaría a decirle padre, convencido de que su credo era el único verdadero, y que cualquier camino que se apartara del suyo conducía al fuego eterno. Durante unos cuantos días se nos prohibió subir el tono de la voz y practicar deportes, y una carcajada en medio del recreo podía significar un fuerte llamado de atención.

Por el contrario, los primeros días del duelo por mi papá transcurrieron en un ambiente relajado en el que reírse no sólo estuvo permitido, sino que formó parte de un homenaje singular que los más cercanos a mi corazón quisieron rendirle conmigo a mi viejo. Pero también estuvo permitido llorar. Y, por extraño que parezca, lloré más por mi madre que por el hombre maravilloso al que acababa de despedir. Tal vez porque tenía ese dolor guardado. Porque en su momento tuve que disimular la tristeza y comerme las lágrimas. Porque aquella vez no encontré hombros para apoyar mi cabeza ni palabras de aliento que me ayudaran a entender que algo de uno también se va cuando mueren los seres a los que amamos.

De todas las deudas que dejé acumular durante los años en los que formé parte de la Congregación, quizás la más grande de todas fue la de no haber llorado a mi madre. Ahora siento que en esos días, con la oportuna compañía de mis amigos, limpié mi corazón y permití que los sentimientos reprimidos aparecieran en forma de nostalgia y ya no con el estigma de la culpa.

43

Cuando Eduardo y Daniel regresaron a Bogotá me enfrenté a una experiencia inédita: compartir prácticamente todo el tiempo en compañía de una mujer. Ese mismo día, de vuelta del aeropuerto, le pedí a Ana que me ayudara a hacer una lista de las tareas que debía asumir en las próximas semanas para poner en orden los asuntos de mi padre. Alisté libreta y bolígrafo, pero cuando estábamos a punto de empezar se me ocurrió proponerle que le diéramos mate a una botella de ron que habíamos abierto la víspera. Mientras sacaba los vasos comprendí que en realidad no quería ocuparme de asuntos prácticos a esa hora. Lo que ocurría era que no sabía cómo enfrentar el momento. Sentía la presión de estar a solas —realmente a solas, por primera vez— con la mujer que me había sacado del letargo de tantos años. Sentía que ya estábamos en el tiempo futuro de esos verbos que habíamos empezado a conjugar unos meses atrás, con la silenciosa certeza de que la muerte de mi padre marcaría un antes y un después en nuestra relación.

Ana se dio cuenta muy pronto de la incomodidad que me producía la situación, y me preguntó si prefería estar solo, advirtiéndome que lo entendería como lo más normal. Pero sus palabras me confrontaron de tal manera que entendí que lo que menos quería en ese instante era que se marchara. Así se lo dije, y también le confesé que estaba un poco asustado porque se trataba de una sensación nueva para mí.

Comprensiva, casi maternal, como lograba serlo en los momentos en que mis dudas o mi inexperiencia se traducían en torpeza, me dijo que mi corazón había tenido suficiente trabajo en esos días como para meterle más voltaje: «Déjalo descansar un tiempo y él sabrá después lo que tiene que hacer. Por ahora no lo desvíes de la hermosa tarea de convocar la nostalgia.»

Fueron tan reparadoras sus palabras que, un par de horas después, cuando se levantó con intenciones de irse para su casa, le pedí que se quedara conmigo esa noche. Me miró como preguntándome con sus ojos enormes si estaba seguro de lo que le estaba diciendo, y le respondí con los míos que no tenía duda alguna. Cuando subimos a mi habitación, Ana me pidió una camiseta larga y se encerró en el baño para cambiarse. Aunque la había visto menos cubierta en nuestros paseos a la playa, esa noche sentí como si por primera vez en mi vida estuviera ante una mujer desnuda. Sus senos pequeños, pero firmes y redondos, templaban la camiseta y proyectaban un par de sombras que miré con disimulo, como una tentación en la que alguna vez quería caer. La delgada tira de los calzones se dibujaba debajo de su cintura y parecía indicar el camino que durante tanto tiempo me señalaron como prohibido. También yo me cambié a puerta cerrada. Me miré en el espejo y pensé que mi padre estaría feliz de saber lo que estaba pasando, pero comprendí que no era el momento: aún me dolía mucho el corazón como para probar suerte con el deseo sin haber permitido que las lágrimas se secaran primero. Cuando salí del baño encontré a Ana tirada sobre la cama, boca abajo, curioseando un libro de retratos de Truman Capote que unos días atrás había sacado de la biblioteca de mi viejo. Tuve ganas de tirarme a su lado y recorrer con mis manos las formas simétricas que dejaba ver la tela blanca que le forraba las nalgas. Pero ella, por lo visto, también tenía claro que esa noche no sería. Cerró el libro y se levantó. Me preguntó a qué lado solía dormir yo y se metió bajo la sábana.

Un leve temblor me recorría cuando me acosté a su lado. Me quedé un buen rato mudo y absoluta-

mente quieto, como si me hubiera convertido en es-
tatua de sal, y luego, cuando moví la cabeza por fin y
su mirada y la mía se encontraron, nos echamos a
reír. Ana me sugirió que apagara la luz, buscó mi
cara con sus manos, me dio un beso en el que apenas tocó mis labios y me deseó las buenas noches.
Me demoré en dormir, pensando en mi padre y, sobre todo, recorriendo con la memoria los momentos que había compartido con la mujer que tenía a
mi lado, y varias veces desperté para comprobar que
lo que estaba viviendo no era un sueño.

44

Al menos cuatro o cinco veces se quedó Ana conmigo en las siguientes dos semanas. Las primeras noches, después del beso de despedida, cada uno se atrincheraba en un extremo. Si nos rozábamos por accidente, pronto corregíamos los movimientos y volvíamos a las posiciones iniciales. Compartir la cama, sin embargo, nos fue dando una cierta complicidad, y a medida que pasaban los días y el duelo por la muerte de mi padre resultaba menos doloroso, nos fuimos acercando el uno al otro.

Una noche, dormida quizás, al dar la vuelta terminó por abrazarme. No quise moverme cuando sentí que su calor empezaba a confundirse con el mío, y pensé que posiblemente la paciencia que Ana había demostrado con creces pronto llegaría a su fin, que empezaría a demandar mucho más que los besos apasionados en los que nos perdíamos cada vez con mayor frecuencia. Cuando despertó, en medio de la noche, y se dio cuenta de que se había acercado en exceso, intentó disculparse y dio media vuelta. Pero fui yo, entonces, a plena conciencia, quien buscó su cuerpo y lo abrazó, en una posición en la que inevitablemente mis manos se apoyaron sobre sus senos.

Así amanecimos: empapados en sudor y mirándonos como enamorados. Esa mañana, Ana se quitó en la habitación la larga camiseta que usaba como piyama, antes de meterse al baño. Mientras contemplaba su cuerpo desnudo por primera vez, tuve la certeza de que había llegado el momento de perder esa virginidad que cuando era aún niño me habían obligado a ofrecerle a monseñor Escrivá de Balaguer. Prefería pensar que la había guardado para Ana. Y estaba dispuesto a entregársela muy pronto. Ya era hora.

45

Ya había olvidado la escena del bar oscuro de la plaza Fernández Madrid, aquella vez en que un par de hombres nos intimidaron con sus miradas inquisidoras hasta lograr que abandonáramos el lugar. Ya lo había olvidado la noche en que fuimos a comer con Ana al restaurante de Socorro, en la calle Larga de Getsemaní, antojados como andábamos de una ensalada de tollo y unos cuantos patacones.

Cuando pedimos la cuenta, el mesero llegó con dos vasos de ron y nos anunció que nos los mandaba el señor de camisa blanca que estaba sentado a la barra. Nos volteamos a ver de quién se trataba, y el hombre levantó un vaso igual para brindar con nosotros desde la distancia, lo bebió de un solo sorbo e inmediatamente salió del local.

Ana me preguntó de quién se trataba y no supe responderle. «Lo he visto, pero no recuerdo en dónde», me dijo. Y en ese momento caí en la cuenta de que era uno de los hombres que nos habían incomodado en el bar. Pensé, sin embargo, que aquella vez había tratado de mantener a Ana al margen de lo que sucedía y no se lo había comentado. No entendía, entonces, por qué le resultaba familiar. Pero no alcancé a decírselo cuando me contó que lo había visto en la Escuela de Bellas Artes durante la velación de mi papá. «Y, ¿qué hacía allá?», le pregunté, molesto, como si fuera su culpa. «¡Yo qué sé!», me respondió, molesta también, e insistió en indagarme sobre su identidad. Me disculpé por mi reacción, le dije que no lo conocía, le conté lo que había sucedido en el bar, y me volví a disculpar por no habérselo contado antes: «No quería contagiarte de lo que entendí que podría ser un ataque de paranoia. Pero ahora no me cabe la menor duda de que ese tipo esconde algo.»

Le pedí que no se tomara el ron, mientras me levantaba para ir hasta la puerta con intenciones de verlo de nuevo. Pero el hombre había desaparecido. Ana llamó al mesero y lo interrogó sobre el personaje, sin conseguir a cambio información alguna. Insistió con el administrador del lugar, pero también éste le aseguró que no era uno de sus clientes habituales. Consciente de nuestra molestia, pidió que nos retiraran los vasos y nos ofreció media botella de ron, debidamente estampillada, por cuenta de la casa. Entendimos que unos tragos nos ayudarían a calmar el enojo y aceptamos la invitación.

Después de barajar diversas hipótesis, cuando la botella estaba llegando a su fin, concluimos que posiblemente se trataba de algún conocido de mi padre que no nos había sido presentado, y que por lo tanto no debía de revestir peligro alguno. Con esa idea nos fuimos caminando hasta Quiebracanto, un bar ubicado a un par de cuadras del restaurante, en el que logramos dejar el tema de lado y dedicarnos a una clase privada de salsa, en la que Ana fue la maestra, y yo, un alumno con evidentes dificultades para seguirle el paso.

46

Volví a ver al enigmático personaje dos días después, cuando regresaba a casa caminando desde el muelle de los Pegasos, adonde había ido a recoger unas langostas que le había encargado al lanchero amigo de mi padre. Quería sorprender a Ana con una receta de la que me había hablado Carmen unos días atrás.

Me detuve unos minutos en el supermercado para comprar cebollas rojas, pimientos, tomates y algunas hierbas, y apenas salí me lo encontré de frente. Iba en compañía de otro hombre, que no supe si era el mismo con el que estaba la noche del bar. Antes de que el miedo me paralizara lo saludé con falsa cortesía e intenté seguir mi ruta, pero el tipo se atravesó en el camino. Tenía por lo menos diez centímetros y treinta kilos más que yo. Levantó una mano, me señaló con el dedo índice y me habló muy despacio: «Usted tiene algo que nos pertenece. No le va a pasar nada si nos lo entrega. Tampoco a su mujer. Se llama Ana y vive a media cuadra de su casa en la calle Tumbamuertos, ¿verdad? Vaya y busque ese sobre con calma y lo esperamos esta noche, a las nueve, en El Zorba. Usted sabe en dónde queda.»

Quise decirle que no sabía de qué me hablaba, pero ni tuve fuerzas para pronunciar palabra ni el hombre me dio tiempo de hacerlo. Dio media vuelta y se perdió por una de las calles que llevan a la plaza de la Aduana. Su compañero se limitó a asentir con la cabeza al final de la sentencia y lo escoltó en su retirada.

Las piernas me temblaban. Acababan de amenazarme, y de amenazar a la mujer de la que estaba enamorado, y no sabía por qué. Intenté caminar, pero no lograba coordinar los pasos. Miré alrededor con intenciones de buscar a alguien que pudiera ayudarme, pero no encontré a nadie conocido. En una ciudad en la que la gente grita y se lanza improperios a manera de broma, la escena había pasado inadvertida. Ni siquiera la mujer que vendía jugos de naranja y de zapote a pocos metros parecía haberse enterado de lo sucedido. Me recosté contra el muro de la casa colonial convertida en almacén de zapatos que tenía a mis espaldas y esperé hasta que me volvieron las fuerzas. Empecé a caminar rumbo a la casa, mirando hacia atrás en todo momento, y repitiendo en silencio las palabras que acababa de oír de boca de ese extraño con el propósito de descubrir alguna clave. Al mismo tiempo, en un desorden de pensamientos que me impedía aterrizar en un solo tema para analizarlo, trataba de resolver si debía contarle a Ana lo que me acababa de ocurrir. Por un lado, entendía que ella estaba involucrada en la amenaza y merecía saberlo. Pero, por otro, pensaba que no valía la pena preocuparla: no quería verla sufrir, alterarle esa paz con la que enfrentaba el mundo, y mucho menos por un motivo que, aunque desconocía, parecía ser de mi exclusiva responsabilidad.

No había resuelto aún lo que haría con Ana cuando noté que me acercaba a la plaza Fernández Madrid y que estaba a punto de pasar frente al bar en el que supuestamente tenía una cita esa noche. Una cita en la que no sabía lo que debía entregar a cambio de mi tranquilidad. Me desvié de la ruta y al cruzar la esquina alcancé a ver a mitad de cuadra a un agente de policía que reía a carcajadas con un par de hombres que bebían cerveza sentados en el andén frente a una casa de puertas abiertas. Pensé en interrumpirlo para narrarle los hechos y describirle a quienes me habían amenazado, pero supuse que en una cultura que manejaba los asuntos de manera tan informal, el uniformado seguramente desestimaría mi denuncia y, cuando me perdiera de su vista, reiría aún más fuerte en tono de burla.

Seguí mi camino, armando de nuevo el rompecabezas de una figura que no terminaba de comprender y pensando que tal vez tendría que huir de
la ciudad que me había devuelto la vida y regresar a
Bogotá. Cuando estaba a punto de llegar a la casa,
resolví que se lo contaría todo a Ana: además de tener el derecho de saberlo, podría ayudarme a de-
senredar la complicada madeja que se había armado en mi cabeza.

47

No me sentía con ánimo de probar suerte en la cocina. Metí las langostas al congelador, le pedí a Carmen que preparara lo que primero se le ocurriera y me fui a casa de Ana. Se sorprendió cuando llamé a la puerta, pues habíamos quedado en vernos a la hora del almuerzo, después de que ella se reuniera con unos artesanos de San Basilio de Palenque. De hecho, se preparaba para salir cuando llegué.

Quise decirle que no se fuera, que en la calle corría peligro. Pero antes de abrir la boca, Ana advirtió mi palidez y me preguntó qué me pasaba. La abracé como respuesta y me eché a llorar. Le dije al oído, entre sollozos, que alguien quería destruir nuestra felicidad, que lo dejáramos todo y nos fuéramos lejos de Cartagena.

Más sorprendida que asustada, Ana tomó el teléfono, canceló su reunión y me hizo recostar en el sillón del estudio. Se sentó en el borde, a mi lado, me tomó de las manos, me pidió que me calmara y me preguntó qué me pasaba. Cuando terminé mi relato se quedó muda unos segundos y luego, con una habilidad de la que ya me había dado algunas muestras, analizó con impecable lógica lo que le había dicho: «No sabemos quiénes son, pero ellos, en cambio, parecen tener mucha información sobre nosotros. Es claro que nos han perseguido. Los hemos visto en tres ocasiones: en el bar aquel, en la velación de Aníbal y en el restaurante de Socorro. Cuatro veces, contando tu encuentro de hoy. Quieren algo que tú tienes. Supuestamente, algo que les pertenece. Y es en ese punto donde comienza el enredo, a menos que hagas memoria y pienses si te han dado a guardar algo. O si algo has robado, por simple que parezca. Si se atrevieron a ir a Bellas Artes el día de la muerte de tu padre, es posible que lo que buscan tenga que ver con él. Y es evidente que estamos ante unos personajes peligrosos, o por lo menos cínicos, que no fueron capaces de respetar ni siquiera tu dolor de ese día. Denunciarlos ante la policía, antes de tener al menos una idea sobre qué es lo que quieren, nos deja muy mal parados. Huir sería la solución más descabellada por el momento. Acá lo tenemos todo. Además, si es tan importante lo que buscan, nos seguirán a dondequiera que vayamos. Ahora bien, es posible que nos hayan confundido. Creo que, si no logramos descubrir alguna pista antes de las nueve de la noche, habrá que enfrentarlos y tratar de obtener alguna información adicional o sacarlos del error.»

Le dimos vueltas al tema el resto de la mañana, y aún mientras almorzábamos seguimos intentando resolver el acertijo. Con la idea de que primero había que indagar si se trataba de algún asunto en relación con mi padre, al terminar de comer nos dimos a la tarea de revisar sus archivos papel por papel. Empezamos con el cajón de la mesa de noche, en el que más allá de viejos recibos, cajas de fósforos y remedios que habían sobrepasado la fecha de vencimiento, nada encontramos que nos ofreciera alguna pista. Pasamos pronto a su escritorio, en una operación que mi curiosidad y la nostalgia demoraron más de la cuenta. Encontré cartas de mi madre que no fui capaz de pasar por alto. Fotografías de esa pequeña familia que se desintegró cuando me reclutó la Congregación. Correspondencia de mi viejo con otros pintores, algunos de los cuales jamás había oído mencionar.

En medio de aquel ejercicio, de repente comprendí que estaba realizando la misma tarea que me llevó a huir de la secta, cuando asalté la oficina del director en busca de pruebas. En ese instante, como si de un momento a otro me hubieran retirado una venda que me cegaba, supe lo que buscaban: el listado de nombres y cifras escandalosas que había tomado junto con la carta en la que mi padre me anunciaba su enfermedad terminal y el diagnóstico firmado por el doctor Arizmendi en el que me recetaba aquellas pastillas que estuvieron a punto de volverme loco.

Me levanté de la silla en la que había pasado más de una hora recorriendo el pasado de mi familia, le anuncié a Ana que ya sabía qué era lo que pretendían aquellos hombres y corrí a mi habitación para sacar del baúl que alguna vez fue de mi abuela el papel por el que nos habían amenazado, y que yo ni siquiera recordaba con exactitud lo que decía. Mientras lo buscaba recordé también las palabras del doctor González en aquel café que compartimos a la vuelta del palacio de la Inquisición: «No olvides llevar aquel documento que tomaste por equivocación.»

Ahora sabía a qué se refería. Ahora entendía el motivo de sus halagos aquella vez, tratando de ablandarme para recuperar la evidencia de su pecado. Y, para bien o para mal, ahora caía en la cuenta de que aquellos hombres estaban al servicio de la Congregación. Por fin comprendía aquellas palabras que tanto le gustaba repetir a Escrivá... aunque cuando él las pronunciaba no se refería, por supuesto, a su diabólica creación, sino a quienes consideraba sus competidores en la acelerada carrera por el poder terrenal de la Iglesia católica: «¿No ves cómo proceden las malditas sociedades secretas?»

48

«Son unos hijos de puta», dijo Ana cuando le leí, línea por línea, el contenido del documento. Se trataba de un mensaje que en la parte de arriba llevaba impreso un sello con la palabra «Confidencial» alrededor del símbolo de la Congregación, que es una cruz encerrada en un círculo. En el comunicado, el Conciliario del Opus Dei en Colombia, la máxima autoridad de la secta en la región, le ordenaba a Javier —el director de la casa en la que yo vivía— buscar de manera urgente acercamiento con las personas que aparecían en la lista anexa para que los empezaran a trabajar lo más rápido posible. «En dos meses a partir de la fecha, al menos quince de ellos deben ser firmes aspirantes a ingresar a la Congregación», exigía el remitente, y aclaraba que se debían emplear «todas las técnicas de pesca, incluidas las que están previstas para los estados de emergencia, dadas las altísimas cualidades de los señalados».

La lista incluía los nombres de cuarenta y dos niños y jóvenes, treinta de ellos aún en edad escolar y doce que cursaban los primeros años de carrera universitaria. Al frente del nombre aparecía la edad, la institución educativa a la cual pertenecía, el grado que cursaba, la dirección y el teléfono del domicilio, el nombre de los padres con su respectivo cargo y la suma en la cual estaba calculada la fortuna familiar. Entre los referidos aparecían el hijo del mayor accionista de una empresa de cementos, el de la heredera de un emporio de comunicaciones, el del presidente de una marca de bebidas gaseosas, el del fundador de una compañía de textiles, el de un exportador de café, el del dueño de una industria láctea... Daba escalofrío ver cuáles eran las cualidades de los candidatos que llamaban la atención de la Congregación, así como comprobar que varios de ellos aún no habían cumplido los quince años de edad.

Ana me preguntó por qué nunca le había hablado de aquel documento, y no tuve palabras para explicárselo. Tal vez porque yo ni siquiera sabía por qué lo había tomado. Sólo recordaba que esa madrugada en la que entré a escondidas a la oficina de Javier lo tuve ante mis ojos y lo miré de prisa, pero no me detuve a analizarlo porque mi objetivo era otro. «Tal vez lo tomé porque empezaba a armarme de argumentos para huir. O quizás para volver a él en caso de que las culpas me llevaran al arrepentimiento y tuviera que comprobar la clase de gente que me rodeaba. ¿O para chantajear a mis superiores si no encontraba lo que estaba buscando? La verdad, no lo sé. Tomé el documento antes de conocer la carta de mi padre. Cuando supe que mi viejo estaba a punto de morir, cuando comprobé que me habían ocultado esa información, lo demás pasó a un segundo plano. Incluso el reporte del doctor Arizmendi, que supuestamente era lo que estaba buscando. Y aunque en los días que siguieron a mi huida intenté estudiarlo un par de veces, siempre terminaba pensando en mi padre, en el reencuentro, en su agonía, y volvía a doblarlo y a posponer su lectura a fondo.»

«Son unos hijos de puta —repitió Ana—, y es evidente que no les conviene que ese testimonio esté en manos de un desertor, que podría entregárselo a la prensa, o incluso a la justicia, y dejarlos al descubierto. Pero no estamos seguros de que sea eso precisamente lo que buscan esos tipos.» Le conté de mi encuentro con González y de su clara referencia al documento, pero aun así Ana insistió en que debíamos estar seguros de que el español de mi relato tenía relación con los hombres que me habían amenazado esa mañana, y me propuso que acudiéramos a la cita para averiguarlo. Ante mis reparos por razones de seguridad, me dijo que posiblemente corrían más riesgo ellos, pues no sabían si habíamos decidido buscar protección y llegaríamos en compañía de policías o detectives y que, en consecuencia, no los creía capaces de intentar nada peor que lo que ya habían hecho.

En mis esfuerzos por disuadirla le sugerí que mandáramos a algún emisario en nuestro nombre, pero Ana me dijo que no creía conveniente involucrar a alguien más en ese lío. Acepté por desgaste, cuando comprendí que no había forma de hacerla cambiar de parecer, y sólo logré convencerla de que le informáramos a Carmen que íbamos a tener una reunión que revestía cierto peligro y le pidiéramos que llamara a la policía y les informara el lugar de la cita en caso de que no tuviera noticia de nosotros antes de cuarenta minutos. Cuando terminé de darle las instrucciones a Carmen pensé que, en últimas, si algo querían hacer con nosotros, la medida que habíamos adoptado serviría de muy poco, pero pensé que, como en el pasaje bíblico que conocía de memoria, la suerte ya estaba echada. Sólo me restaba pedirle a mi padre que se acordara de su promesa de acompañarme en todo momento. Y eso hice frente al espejo, como si el que estuviera al frente fuera mi viejo, mientras me quitaba una barba de una semana.

49

Eran casi las nueve y veinte cuando nos sentamos a
la misma mesa de El Zorba que habíamos ocupado
la noche en que vi por primera vez a los hombres
con los que ahora teníamos una incierta reunión.
Camino al bar, mientras miraba en todas las direc-
ciones tratando de encontrar alguna señal que me
sirviera como disculpa para volver a casa, no me
cansé de repetirle a Ana que estábamos cometiendo
el peor error de nuestras vidas. Y ella reía, como si
estuviera disfrutando el plan, como si no advirtiera
la amenaza, y me recordaba que el peor error lo había cometido muchos años atrás, el día en que había decidido ingresar a la Congregación.

Convencida de que éramos nosotros quienes teníamos la sartén por el mango, pues lo que ellos
tanto buscaban estaba en nuestro poder, había idea-
do una estrategia de la cual tan sólo me reveló el
primer punto: «No debemos llegar a la hora exacta.

Unos cuantos minutos de retraso jugarán a nuestro favor y en contra de ellos.» Cuando nos asomamos a la plaza Fernández Madrid me advirtió que debíamos parecer serenos. Y, a pocos pasos de la puerta del bar, me pidió que hiciera de cuenta que nada sucedía, que no teníamos una cita acordada, que simplemente íbamos a oír salsa y boleros. En el momento de entrar ratificó su solicitud al soltar una carcajada que me resultó excesiva para sus modales refinados, pero que entendí como parte del plan. Antes de sentarnos ya había pedido una botella pequeña de ron y dos vasos con mucho hielo. Parecía tan segura, casi imperturbable, que entendí pronto que en realidad estaba en sus manos y no en las de los hombres que nos habían citado y que no se veían por ahí, y eso me tranquilizó.

De las siete mesas del bar, aparte de la nuestra, sólo había dos ocupadas. En la del fondo, una mujer entrada en años y en carnes, vestida con ropas apretadas que exageraban su volumen, acariciaba sin vergüenza a un joven que bien podría ser su hijo. En la que estaba al lado del baño, y sobre la cual se amontonaba al menos una docena de botellas de cerveza, dos hombres aventuraban pronósticos sobre las elecciones que se avecinaban, pero sus rasgos en nada coincidían con los de quienes nos habían citado.

Pasaron al menos quince minutos antes de tener

alguna señal. Celia Cruz se había esforzado más que nunca en su interpretación de *Desencanto*, y Cheo Feliciano se había tomado su tiempo para contar la historia de *El ratón*. De repente entró a El Zorba un niño de no más de diez años cargado de flores. Se dirigió primero a la mesa de la pareja dispareja y le entregó al joven un clavel blanco a cambio de unas cuantas monedas para que se lo regalara a la mujer que lo acompañaba. Ignoró a los analistas políticos y llegó hasta nosotros. Le di el billete más pequeño que encontré en el bolsillo a cambio de una rosa roja para Ana. Antes de salir nos entregó una hoja de cuaderno doblada en cuatro y desapareció.

Escrita a mano, decía que nos estaban vigilando y nos ordenaba que esperáramos cinco minutos, pidiéramos la cuenta y, después de pagar, dejáramos sobre la mesa el documento y saliéramos en la misma dirección en la que habíamos llegado, sin mirar atrás.

«Nos están vigilando», le dije a Ana. Y ella, como si no hubiera oído mis palabras, analizó el mensaje a su manera: «No nos quieren dar la cara. Mejor así.» Y decidió seguirles el juego. Se levantó a la barra, pidió un bolígrafo y les respondió en el reverso de la hoja que nos habían enviado con el niño: «Necesitamos claridad sobre lo que buscan. Por favor, sean más precisos. Esperamos indicaciones mañana a la misma hora y en el mismo lugar.»

Aunque estaba absolutamente convencida de lo que hacía, me mostró lo que acababa de escribir en busca de mi aprobación. Asentí con la cabeza, consciente de que no tenía otra opción, levanté la mano para pedir la cuenta y, después de pagar, en lugar del documento dejamos sobre la mesa la hoja de cuaderno con nuestra respuesta.

Aún quedaba media botella de ron cuando salimos. Ana me dijo que avisáramos a Carmen que estábamos bien y nos fuéramos para otro bar. «Al menos durante veinticuatro horas no tenemos de qué preocuparnos», me aseguró mientras marcaba el número de mi casa desde su teléfono. Le insinué que me parecía peligroso andar por ahí, de noche, sabiendo que nos espiaban, pero Ana desestimó mis temores y me dijo que estaba segura de que nada pasaría y que, por el contrario, nos sentaría bastante bien distraernos un rato. De manera que, contra una voluntad que no fui capaz de expresar de manera enfática, nos fuimos a buscar un bar que unos meses atrás habían instalado en las murallas.

50

Había sido un día largo y angustioso. Pero al final, casi al borde de la medianoche, pensé que estaba a punto de acercarme a la dicha suprema cuando llegamos a la casa después de habernos declarado el amor veinte o treinta veces, mientras el mar golpeaba contra el malecón, a pocos pasos de nosotros.

Desde que desperté esa mañana había empezado a alimentar la idea de que esa noche le entregaría mi cuerpo a Ana. Así lo entendía, como una entrega, porque al fin y al cabo la virginidad que aún esperaba por una historia de amor era la mía. Había soñado desde muy temprano con un día inolvidable que terminaría con su cuerpo y el mío entrelazados. Mientras caminaba hacia el muelle en busca de las langostas, no pensaba en otra cosa que en la desnudez de Ana, que esa noche justificaría tantos años de sensaciones perdidas. Ni siquiera la amenaza de los hombres que nos citaron en El Zorba había logrado que olvidara los planes. Por el contrario, la ansiedad, el riesgo y el peligro habían actuado en nuestro favor: nos habían inyectado una sobredosis de adrenalina que más tarde se convirtió en pasión.

No fueron necesarias las palabras. Subimos a mi habitación convencidos de que ésa era nuestra noche. Desnudé a Ana en pocos segundos, como si no fuera la primera vez que le quitaba la ropa a una mujer, y luego me tiré en la cama, boca arriba, para que ella hiciera su parte. Traté de sentir, en lugar de pensar, mientras me recorría con sus labios. Pero sus besos, que al comienzo amenazaron con hacerme perder la razón y permitirle a mi cuerpo ese gozo que le era nuevo, de repente me llevaron a un laberinto sin salida en el que retumbaban con eco desesperante las palabras de Escrivá: «Apaga los primeros chispazos de la pasión sin dejar que tome cuerpo la hoguera»; «quítame esa corteza roñosa de podredumbre sensual que recubre mi corazón»; «muy honda es tu caída»; «el corazón es un traidor»; «haz de mi pobre carne un crucifijo»... Y la culpa resultó más fuerte que el deseo, y la confusión se tradujo pronto en un desánimo que el miembro no pudo disimular.

Comprensiva y dulce, Ana se tendió a mi lado y trató de disculparme diciendo que tal vez las amenazas de aquellos hombres seguían rondando mi cabeza. Quise decirle que no era así, que nadie más que ella ocupaba mis pensamientos y que estaba listo para amarla con todo mi corazón y con toda mi piel, pero la vergüenza que me produjo la incapacidad de mi cuerpo se convirtió en un silencio demoledor.

No sé cuánto tiempo pasó, quizás tan sólo unos pocos minutos que me resultaron interminables, antes de que Ana se levantara y comenzara a vestirse. «Creo que prefieres estar a solas», fue lo único que dijo antes de marcharse. Me sentí miserable cuando caí en la cuenta, mucho después, de que ni siquiera había tratado de retenerla. Y me sentí torpe cuando repasé esas tres palabras de mi limitada respuesta: «No es eso», porque nada más pude decir a pesar del temor que me producía estar perdiendo a la mujer que le daba sentido a mi vida.

El amanecer me sorprendió en la cama de mi padre: había ido hasta allá en busca de un consuelo que ya no era posible. Me duché con agua helada, como en los viejos tiempos, y salí a caminar por la orilla del mar. Después de un buen rato, agotado, me senté sobre las primeras piedras del rompeolas y me pregunté si acaso Dios me estaba castigando por haber escapado de la Congregación, o por haber hurtado aquel documento que González reclamaba. Pero no encontré respuesta en mi cabeza, como tampoco la hallé para la dolorosa duda de si Ana aún querría permanecer a mi lado. Pensé en mi vida sin ella, y la soledad que imaginé me produjo terror. Con el índice derecho empecé a repasar la huella aún perceptible del cilicio en mis muslos y maldije la hora en que acepté formar parte de esa secta que, además de la piel, me había deformado el corazón. Quise llorar, pero el vacío enorme que sentía también se llevó las lágrimas.

51

Cuando llegué a la casa estaba decidido a tomar el documento y entregárselo a González. Y ya no por temor a las amenazas. Ni siquiera por la posibilidad descabellada de un castigo divino. Sencillamente, porque quería deshacerme de cualquier cosa que me atara a la Congregación. Sin embargo, cuando abrí la puerta encontré lo que menos imaginaba: alcancé a ver a Ana, meciéndose en la hamaca, al final del pasillo. Se levantó como una buena esposa que espera a su marido a la vuelta del trabajo y corrió a abrazarme. La miré desde lo más profundo de mis ojos sin entender lo que ocurría, como si acaso mi desatino de la víspera hubiera sido un sueño, pero ella ignoró mi desconcierto y siguió adelante.

—¿En dónde andabas a estas horas?

—Fui a caminar un rato por la playa, necesitaba...

—Lo que necesitabas era que yo te despertara

con mis besos. Llegué muy temprano y subí a buscarte, pero ya te habías ido.

—Estaba desvelado y por eso decidí salir cuando apenas amanecía. No fue una buena noche.

—Anoche es pasado. No pienses más en eso. Vamos a desayunar: te preparé un jugo de corozo y Carmen hizo unas arepas de huevo que se ven deliciosas.

—Eres increíble, Ana.

Durante el desayuno le dije que quería entregar ese mismo día el documento para olvidarnos de una vez por todas de González, de la secta y de los hombres que nos habían amenazado y poder estar en paz nuevamente. Pero a Ana se le ocurrió que quizás la mejor manera de ponernos a salvo era pasándole el dato a la prensa.

—Cualquier periodista se moriría de ganas de tener semejante documento. Y estoy segura de que, una vez publicado, lo último que se les ocurriría sería meterse con nosotros. Quedarían al descubierto muy fácil.

—No te niego que la propuesta es tentadora. Pero esa gente es muy peligrosa, Ana. No te imaginas los horrores que me contó Eduardo: historias manchadas de sangre de las que él mismo participó cuando estaba en la Congregación.

—Por eso mismo deberíamos denunciarlos: para que dejen de cometer atropellos. Piensa en los demás. Piensa en los niños que aparecen en esa lista. ¿Tú quieres que les pase lo mismo que a ti?

—Claro que no. Pero entiéndeme: quiero olvidarme para siempre de ellos. Necesito sacarme al Opus Dei de la cabeza. De lo contrario, jamás lograré volver a ser un hombre normal.

—Yo creo que si los denuncias te van a dejar en paz... nos van a dejar en paz.

—Si le entrego el documento a la prensa significa que estoy dispuesto a dar la cara, a contar mi historia, a revelar muchos secretos... ¿Te imaginas esta casa llena de periodistas metiéndome el dedo en esta llaga que apenas empieza a sanar?

—Entonces, ¿estás dispuesto a ir a la cita de esta noche?

—Creo que no hay otra opción. Entre otras cosas porque no tenemos la certeza de que el documento que ellos buscan sea precisamente ese listado perverso de la Congregación. Ya sé que todo apunta a eso, pero debemos estar seguros.

—Como quieras. Tenía un plan más divertido para esta noche —me dijo Ana, un poco en broma, un poco en serio, y en el mismo tono le respondí.

—Ya sé que tengo una deuda contigo. Prometo pagarla cuando regresemos de El Zorba.

52

«Usted sabe muy bien lo que buscamos. Lo esperamos el viernes a la misma hora. *Pax.*» Eso decía el mensaje, escrito en una hoja de cuaderno exacta a la anterior, que esta vez nos entregó una niña después de pedirnos una colaboración para la tela del disfraz que su mamá quería hacerle para las fiestas del carnaval.

No cabía duda: lo que aquellos hombres buscaban era el documento del Opus Dei en el que quedaban al descubierto las verdaderas intenciones de su apostolado millonario. Se habían encargado de hacérmelo saber con aquella palabra que incluyeron al final de su breve mensaje. «*Pax*» era la primera parte de la fórmula que utilizaban los miembros de la Congregación para saludarse en secreto, y a la cual se respondía con las palabras «*In eternum*».

Al día siguiente resolvimos con Ana que lo mejor sería entregar el listado sin más demora y tratar de olvidarnos para siempre del Opus, de las amenazas y de aquellos hombres, y dedicarnos más bien a pensar en nuestro futuro y a trabajar en nuestra felicidad. Aunque tuviéramos que esperar hasta el viernes, el simple hecho de tener por fin las cosas claras nos liberó de un peso enorme, y la tranquilidad recuperada se tradujo en un estado de felicidad que nos llevó muy pronto de vuelta a la cama.

En varias ocasiones intentamos sin éxito hacer el amor en aquellos días. Cada vez que nos desnudábamos sentía más presión que deseo, consciente de que el problema era exclusivamente mío, hasta que la vergüenza terminó por matar la ilusión y agotar mis disculpas.

«Tengo la cabeza bloqueada, perdóname», fue el único argumento que pude esgrimir después del último fracaso, mientras Ana me decía que no me preocupara por ella, en un tono que entendí como una despedida. A la mañana siguiente me anunció que viajaría al golfo de Morrosquillo. Pensaba bucear unos cuantos días y no sabía cuándo regresaría. Recogió toda la ropa que tenía en mi casa y, antes de irse, me dio un beso en la frente poco menos que cariñoso: si acaso compasivo. Me quedé varias horas tirado en la hamaca como si estuviera anestesiado, repasando el fracaso de la víspera, con la mirada fija en la puerta que Ana acababa de cruzar.

Apenas dos días atrás estaba convencido de que

los fantasmas de la Congregación finalmente me dejarían en paz, pero la despedida de Ana me hizo acordar de la sentencia de Mariano aquella vez que me aseguró que a quienes no eran capaces de soportar las pruebas del Señor les esperaba mucho sufrimiento: en esta vida y en la otra. Tomé sus palabras como una maldición, lo culpé de la soledad a la que parecía abocado por mi incapacidad de amar a una mujer y sentí una ira profunda que alimenté toda la tarde, encerrado en la biblioteca de mi padre, casi a oscuras, mientras repasaba su colección de boleros y bebía ron.

Preocupada, Carmen llamó a la puerta pasadas las ocho de la noche para hacerme caer en la cuenta de que no había probado bocado en todo el día. El alcohol había logrado su cometido y me costó trabajo reaccionar. Abrí con dificultad y me quedé mirando a la mujer que pretendía lanzarme un salvavidas: ¿acaso era la única fuente de afecto que me quedaba?

Acepté el plato de lentejas que me ofreció, y con el último bocado salí a la calle sin saber adónde me dirigía. Pasé frente a El Zorba y tuve la tentación de continuar allí mi recorrido musical por la nostalgia, pero seguí de largo. Después de caminar sin rumbo de un extremo a otro de la ciudad amurallada, aterricé en la barra de un bar de la plaza de Santo Domingo, atraído por la voz profunda y pausada de Agustín Lara.

«Si tienes un hondo penar, piensa en mí; si tienes ganas de llorar, piensa en mí...», decía Lara, y yo pensaba en Ana mientras me tomaba de un sorbo el ron que acababa de pedir. «... cuando quieras quitarme la vida, no la quiero para nada, para nada me sirve sin ti...», repetía en voz baja mientras hacía señas para que me sirvieran otro trago.

No sé cuántos rones llevaba cuando descubrí en la esquina de la barra a una mujer que me miraba con atención. Era mulata, más joven que Ana, de cara alargada, pelo negro y unos ojos de un verde profundo que parecían de muñeca: luego supe que en realidad eran un par de lentes que, de cerca, dejaban ver el fondo oscuro de sus ojos verdaderos. Después de brindar con ella en la distancia varias veces, la invité a sentarse a mi lado.

Se llamaba Marilyn, o al menos eso dijo. Y dijo que tenía veintiún años, que estudiaba en una escuela de turismo, que nació en Aracataca y que a los dieciocho años fue reina de su pueblo, poco antes de irse para Cartagena. Y dijo más cosas que no recuerdo, porque el ron había hecho estragos cuando acepté que nos fuéramos para otro bar, en el que esta mujer prometía enseñarme a bailar merengue. Recuerdo, eso sí, que era unos pocos centímetros más alta que yo y que de su delgadez sobresalía un culo redondo y pronunciado que amenazaba con reventar el bluyín que llevaba puesto. También recuerdo que el primer beso fue iniciativa suya y que fue en ese momento, mientras sentía que la tela de mi pantalón se templaba con el alboroto del miembro, cuando decidí que iba a demostrarles a Escrivá de Balaguer, a Mariano, a González, a Javier, al padre Julián y a Arizmendi que había logrado arrancarme el cilicio para siempre y estaba en capacidad de amar a una mujer. Que conmigo sus pronósticos infames no darían en el blanco.

53

Después de averiguar cuánto había en mi billetera, Marilyn me llevó a una casa enorme en una de las calles más oscuras del barrio de Manga. Me pareció oír que el hombre que corrió a abrirnos la puerta del taxi llamó a mi acompañante por el nombre de Gladys, pero mi cabeza no estaba en condiciones como para darle vueltas al asunto en ese momento.

Al entrar a la casa, una mujer que superaba los sesenta años, en exceso obesa y vestida con una túnica de colores vivos, me abordó con unos modales que pretendían ser elegantes. «Así que tú eres el invitado de Marilyn a la fiesta de esta noche», me dijo, y yo miré a la mujer a la que había conocido apenas unas horas atrás tratando de descifrar un enigma que no era fácil para un hombre tan poco recorrido como yo.

El lugar parecía detenido en el tiempo. Era algo así como la casa de una abuela venida a menos pero en la que alguna vez el dinero rodó a chorros. Alcancé a ver por lo menos tres arañas de cristal que colgaban del techo, un piano de media cola que seguramente había enmudecido varias décadas atrás, un castillo medieval tejido en un gobelino enorme y una alfombra que representaba una escena de cacería. El amplísimo espacio estaba dividido en varios salones por los que desfilaban mujeres jóvenes muy ligeras de ropa y meseros con delantal negro que ofrecían bebidas a los invitados. En una mesa lejana, varios hombres hablaban y reían en torno a una botella que supuse de whisky. En un rincón, una pareja se besaba sin pudor alguno. Desde una cabina de vidrios polarizados que no cuadraba con la decoración del sitio, un hombre animaba a la gente a bailar un ritmo muy parecido al vallenato. Pero el único que le hacía caso era un joven de pelo alborotado, incapaz de llevar el paso, que se movía como poseído y señalaba con insistencia a la joven a la que había dejado en una mesa muy cerca del piano. El ambiente de penumbra apenas dejaba ver los bultos de los asistentes, sin permitir que sus facciones quedaran en evidencia.

Me senté con Marilyn en un sofá que le daba la espalda al salón principal de la casa, y no hizo falta que le preguntara en dónde estábamos para que ella me lo explicara: «Éste es un lugar en el que no hay que esperar al fin de semana para armar la rumba. Todos los días son días de fiesta, con excepción del Viernes Santo. Acá vienen muchos hombres, sobre todo extranjeros, que quieren vivir una noche inolvidable. Y hoy, yo me encargaré de que nunca se te olvide que pasaste por acá. Pero una de las reglas del lugar es jamás mencionar esta casa. Y no porque se trate de algo prohibido, sino porque dicen que es de mala suerte.»

Advertida, tal vez, de que estaba a punto de quedarme dormido por la sobredosis de ron, Marilyn interrumpió su discurso y se dedicó a besarme con la misma pasión con la que logró conquistarme en el bar del que habíamos escapado un poco antes. Sé que bailamos muy apretados un merengue de Sergio Vargas. Y algo más: quizás un vallenato de Escalona. Sé que me dijo que era el hombre más interesante con el que había estado, y sé que le respondí que era la mujer más hermosa que había besado. Una mentira para otra mentira, aunque en ese momento creí ser sincero, movido por el instinto. El mismo que más tarde nos llevó a una habitación del segundo piso, aunque no recuerdo en qué momento llegué hasta allá ni a qué horas me desnudé. El instinto que andaba represado y que esa noche me obligó a entregar mi virginidad.

Marilyn me despertó en algún momento de aquella noche que preferiría no haber vivido. Me demoré en entender en dónde estaba y en reconstruir lo que había pasado. Quise decirle que nada de lo que le había dado era suyo: que mi cuerpo en realidad estaba reservado para Ana. La miré con odio y a ella pareció importarle bastante poco. «Habíamos quedado en doscientos», me dijo, y sin pedir permiso sacó el dinero de mi billetera. En ese instante me acordé de Eduardo y entendí que tal vez habían sido indispensables sus visitas a los burdeles para poder acceder a la felicidad que Julia le ofrecía. Nunca le pregunté si aquellas experiencias habían sido placenteras: yo recordaba muy poco de lo que había sucedido unos minutos atrás. Sólo algunas imágenes sueltas, esa conmoción de los sentidos que me era nueva y ese pequeñísimo instante de felicidad cuando supe que lo había logrado, pero que muy pronto se empañó cuando sentí que no era la mujer con la que habría querido descubrirlo. Resignado, empecé a vestirme con la decisión de viajar al día siguiente al golfo de Morrosquillo en busca de la que en realidad merecía mi cuerpo.

Al bajar la escalera que no recordaba haber subido, me encontré con el hombre que unos días atrás me había amenazado a la salida del mercado. Llevaba un delantal negro y una bandeja repleta de vasos. «Éste va por cuenta de la casa», me dijo, y me entregó un ron. Y luego, al oído, como si me estuviera perdonando una deuda, me aseguró que podía estar tranquilo. Quise armar un escándalo en ese mismo instante, llamar la atención de los hombres que todavía calentaban sus cuerpos con alcohol y con caricias en el primer piso, pero entendí que estaba en territorio enemigo. Y pensé que, en todo caso, mi denuncia sería asumida como la inoportuna escena de un borracho que no sabía lo que decía.

No había resuelto aún lo que haría cuando vi al doctor González del brazo de una joven espigada que difícilmente habría alcanzado la mayoría de edad. Sus rasgos de niña contrastaban con los del español, que se aproximaba a los sesenta. Me quedé mirándolos, estupefacto, hasta que subieron el primer peldaño de esa escalera en la que me hallaba detenido, y sólo en ese instante González levantó la mirada y se dio cuenta de mi presencia. En un acto reflejo, retiró de inmediato la mano que llevaba apoyada en el culo de la joven, se alejó de ella, subió los cinco escalones que lo separaban de mí y le ordenó a Marilyn que nos dejara solos.

—¿Así que también tú estás dedicado al apostolado con esta gente que tanto necesita de Dios? —me preguntó.

Quise decirle que no fuera descarado, pero permanecí en silencio, convencido de que en ese momento era más elocuente con la mirada que con las palabras. Fijé mis ojos en los suyos y sentí que en ese instante descargaba todo el odio que había amasado durante años. Luego de unos cuantos segundos noté cómo empezaba a descomponerse aquel hombre que tanto temor infundía en la Congregación.

—No hay malentendido que no se solucione con un buen ron. Déjame invitarte a uno —me propuso con voz temblorosa.

Seguí mirándolo, imperturbable, fascinado con la idea de ver cómo se cambiaban los papeles: cómo el poderoso se inclinaba ante el débil.

Evidentemente incómodo, González intentó avanzar por otro camino.

—Puedes contar con que Ana jamás se enterará de dónde estuviste esta noche.

El odio le dio paso muy pronto a otros sentimientos, y sólo pude mirarlo como quien acaba de dejar al descubierto la más grande farsa. Como quien acaba de comprobar que esa causa por la que entregó su vida no era más que una gran mentira.

—Supongo que a Ana no le gustaría saberlo, ¿verdad? —me dijo con desespero, como un animal arrinconado que recurre a la fuerza para escapar.

La leve sonrisa que se dibujó en mis labios, en evidente gesto de desprecio, debió de dejarle en claro lo poco que me importaban ahora esas amenazas a las que tanto temí en otros tiempos.

—Te propongo un trato —dijo por fin con un tono de voz que no era aquel con el que siempre había demostrado su majestad—. Tú no has visto nada y yo, a cambio, les digo a los demás que ya me devolviste aquel documento confidencial que te llevaste... Los convenzo de que lo perdí, de que me lo arrebató el viento y se lo tragó el mar.

No había terminado su frase cuando otra mujer que acababa de salir de una de las habitaciones pasó a su lado y lo saludó con la familiaridad de quienes se conocen de mucho tiempo atrás.

Comprendí que aquel hombre que tenía al frente me estaba entregando, por fin, la llave que necesitaba para abrir de par en par la puerta de salida. Supe que apenas terminara de descender la escalera tocaría esa tierra firme que tanto tiempo llevaba buscando. Y sentí una alegría profunda que quise disimular, para que la última mirada que le dedicaba a González reflejara el asco que los seres como él me producían.

54

Como una madre preocupada por su hijo adolescente, Carmen me estaba esperando en la mecedora del patio cuando volví a la casa, casi al amanecer. Tenía una cara que interpreté como de malas noticias: unos meses atrás, habría pensado que su rostro pretendía informarme la muerte de mi padre. Corrí hasta donde estaba y le pregunté qué había pasado. Antes de que pronunciara palabra temí que algo malo le hubiera sucedido a Ana, pero Carmen me sacó pronto de la duda con un regaño.

—¿En dónde andaba? Su amigo Eduardo lo ha llamado por lo menos cuatro veces. La primera vez que llamó usted acababa de salir. Le conté que andaba en mal estado y ahora todo el mundo está preocupado.

—¿Quién es todo el mundo?

Carmen se sonrojó antes de responder.

—Pues don Eduardo.

—Carmen, ¿quién es todo el mundo?

—No me haga decir cosas que no debo. Más bien llame a su amigo para decirle que llegó sano y salvo y váyase a dormir.

—Carmen, ¿a quién más metió en este lío que usted sola se inventó?

—¿Y cómo quería que no me preocupara si estuvo todo el día encerrado, a oscuras, sin probar bocado y pegado a una botella de ron, y salió a la calle dando tumbos?

—Yo no estaba borracho, Carmen. Pero ése ya no es el problema. ¿Con quién más habló?

Avergonzada, Carmen se cogió la cabeza con las dos manos y soltó su confesión.

—Ahora no me vaya a hacer quedar mal. Pero la señorita Ana me había dado la orden de informarle cualquier cosa que pasara con usted.

—Y, ¿usted qué le dijo?

—La verdad. Que usted se estaba muriendo de la tristeza y había salido a la calle a buscar lo que no se le había perdido.

—Y, ¿qué contestó Ana?

—Dijo que mañana se devolvía a Cartagena a primera hora... mejor dicho, en un rato, porque ya está a punto de amanecer.

55

No sé cuánto tiempo estuve allí, en el mismo punto
del malecón en el que mi papá descubrió las marcas
del cilicio en mi piel, dejando que el mar bañara
mis pies. Sintiendo cómo me hundía poco a poco
en la arena, y viendo cómo, al cambiar de posición,
las olas que llegaban hasta la orilla lentamente volvían a dejar todo como al comienzo: las huellas de
mis pies se iban borrando hasta que el suelo volvía a
lucir uniforme, como si nunca nadie lo hubiera pi-
sado.

Revisé mis muslos y comprobé que las costras diminutas habían ido desapareciendo y ahora era difícil imaginar que el metal afilado las hubiera torturado tantos años. Me quité la pantaloneta de baño y
me lancé al agua. Nadé varios metros, mar adentro,
y tuve una sensación de libertad que era nueva para
mí. Sentí que mi piel me pertenecía, que mi sexo ya
no era mi enemigo. Me devolví nadando de espal-

das hasta la orilla y entendí que todo cuanto había sucedido en las últimas semanas entre el cuerpo de Ana y mi cuerpo, lejos del pecado que me haría merecedor del sufrimiento y del castigo, había sido una bendición. Una hermosa bienvenida al mundo de los que saben que también están hechos de carne.

Un mes atrás, luego de haber descubierto a González en el burdel de Manga, luego de haber confirmado que el corazón de Ana todavía estaba para mí, supe que había llegado el momento de soltar las últimas amarras que todavía me ataban al Opus Dei. Llamé a Javier, el director de la casa en la que viví tantos años, y le dije que la función había terminado. Cuando oí su voz al otro lado del teléfono me demoré en pronunciar palabra. Por un instante temí que el tono inquisidor que solía adoptar cuando estaba dispuesto a llevarse el mundo por delante lograra hacerme flaquear. Pero me armé de valor, consciente de que tenía razones de sobra para pretender que nada ni nadie obstaculizara mis deseos de vivir, y lo enfrenté:

—Habla Vicente Robledo.

—Vicente, sabía que tarde o temprano iba a llamar, cuando entendiera la gravedad de los pecados que ha cometido, cuando el arrepentimiento se apoderara de su corazón. Ahora...

—Ahora, de lo único que estoy arrepentido es

de haberle dedicado tantos años a edificar sobre la mentira. Pero no llamo para discutir; ni siquiera para exigir una explicación sobre las atrocidades que cometieron conmigo en nombre de su Dios. Llamo para informar que esta mañana envié por correo certificado el documento confidencial con los nombres de esos jóvenes que ahora corren el riesgo de pasar por las que yo pasé. Ustedes verán qué hacen. Ellos verán cómo se defienden. Yo sólo quiero que me dejen en paz. Pueden estar seguros de que mi boca no volverá a pronunciar el nombre de la Congregación.

—Vicente, ésta no es la manera...

—Javier, ya tienen lo que tanto querían. No hay más de que hablar. Sigan su camino. Yo seguiré el mío, y espero que no nos volvamos a cruzar. Si existe el infierno con el que tanto me amenazaron, tal vez allí nos volvamos a ver, a la diestra de Escrivá. Hasta entonces.

Cuando colgué, sentí que el sudor me bañaba todo el cuerpo. Y lamenté haber dado muestras de odio al final de una conversación que había estudiado y repasado varias veces para dar muestras de control, para no decir ni una sola palabra salida de tono. En todo caso, ya estaba hecho, y lejos de amargarme por mis sentencias, empecé a sentir la tranquilidad de haber cerrado, por fin, con doble cerrojo, una puerta que nunca más en mi vida quería abrir.

56

Morelli llegó a Cartagena a mediados de diciembre, una semana antes de lo anunciado. Pretendía darnos una sorpresa, pero el sorprendido fue él: su hija tenía dos meses de embarazo. Nos habíamos enterado unas semanas atrás, pero, dada la inminencia de su visita, nos reservamos la noticia. En la emoción inmensa que le produjo saber que sería abuelo por primera vez creí ver también la alegría de mi padre. En esos días en los que me dediqué con ansiedad a los preparativos de la Navidad, comprendí que, después de muchos años, por fin volvía a encontrar una verdadera familia. Varias veces lamenté en silencio que ya no estuvieran mis padres, con quienes había compartido por última vez las fiestas de fin de año cuando aún era un niño. Pero me bastaba con mirar a Ana, e imaginar el maravilloso motivo de gozo que se gestaba dentro de ella, para alejar la nostalgia. Y me complacía saber que ese hijo que llegaría para refrendar mi absolución tenía mucho de ellos. Sólo me dolía pensar que tal vez había sido necesario que mi padre se fuera de este mundo para que yo pudiera volver a él, aunque estaba seguro de que su intención real a la hora de escribir aquella carta que produjo mi salida del Opus Dei no era otra que la de procurar que su memoria se perpetuara. Lo había logrado. Y a pesar de que no tenía la menor idea de dónde podría estar mi viejo en ese momento, estaba convencido de que también él estaría celebrando. Al fin y al cabo, había prometido permanecer a mi lado.

Eduardo y Julia llegaron a Cartagena la víspera de Navidad. El 24 a mediodía, Morelli nos reunió para informarnos que había decidido quedarse en Colombia. Esa mañana había cerrado un negocio con el propietario de El Zorba, y era el nuevo dueño del bar. Le sumaría su envidiable colección de tangos de todas las épocas a los centenares de discos de salsa y bolero que el hombre había logrado reunir durante tantos años. Y le cambiaría el nombre por el de *Volver*.